ISAURE D'AUBIGNIE.

—

TÒME QUATRIEME.

ISAURE D'AUBIGNIE,

IMITATION DE L'ANGLAIS.

PAR PIGAULT MAUBAILLARCQ,

MEMBRE CORRESPONDANT
DE LA SOCIÉTÉ PHILOTECHNIQUE,
AUTEUR DE LA FAMILLE WIÉLAND,
OU LES PRODIGES.

La morale a besoin, pour être bien reçue,
Du masque de la fable, ou du charme des vers ;
La vérité plaît moins quand elle est toute nue.

BOUFFLERS.

TOME QUATRIÈME.

PARIS,

CHEZ BARBA, LIBRAIRE, AU PALAIS-ROYAL,
derrière le Théâtre-Français, n° 51.

DE L'IMPRIMERIE DE MAME.
1812.

ISAURE D'AUBIGNIE.

LETTRE XLII.

Isaure à Julie.

QUELLE nouvelle je viens d'apprendre ! Ma main tremble en te l'annonçant. . . . . Alphonse est en France ! le désordre que j'éprouve est inexprimable !... Ah! Julie, ce désordre n'est pas celui du bonheur..... oh ! non, c'est celui que cause le chagrin le plus poignant.

Le neveu de Leblanc arrive de Paris. Il est venu voir son oncle, et lui a raconté qu'étant à attendre son maître, dont la

voiture était arrêtée dans la rue Sainte-
Anne, il avait vu passer un brillant équi-
page, derrière lequel se trouvaient plusieurs noirs couverts d'une riche livrée; que
sa curiosité se trouvant excitée, il avait re-
gardé dans la voiture, et avait cru reconnaître à travers les glaces monsieur Alphonse de Moronval; que ne pouvant en
croire ses yeux, et doutant encore, parce
que l'individu qu'il avait aperçu lui avait
paru pâle et défait, il avait suivi la voiture,
qui était entrée dans la cour d'un hôtel
voisin, et qu'il s'était alors assuré qu'il
ne s'était pas trompé.

Leblanc, ayant eu besoin de venir ici
hier matin, fit part de cette étonnante
nouvelle à Ursule, qui s'empressa de venir
me la raconter. Malheureuse fille! quel
mal elle me fit! Il me prit à l'instant une
palpitation violente, et j'éprouvai une
telle révolution que je tombai sans connaissance dans ses bras. Rappelée à moi

par ses soins, je lui recommandai de ne
parler à personne de ce retour, ni de l'effet
que j'en avais ressenti, et je me repentis
aussitôt de cette imprudente recommandation. En effet, pourquoi donner aux
yeux de cette fille un air d'importance et
de mystère à un événement aussi naturel ?
Pourquoi paraître la mettre dans ma con-
fidence?..... Hélas ! le retour d'Alphonse
ne peut être un secret, et cependant, mon
amie, il est quelqu'un de qui je voudrais
que ce retour ne fût pas connu...... Ah !
que n'ai-je pu toujours l'ignorer !

Je m'informai d'Ursule si on ne lui
avait pas dit qu'il y eût aussi une femme
dans la voiture. Elle me répondit qu'il y
en avait deux. Mais pourquoi m'en occuper? Puis-je douter que celle qu'Alphonse
a épousée ne l'ait accompagné en France !
Est-il probable qu'il soit arrivé seul, et
qu'il l'ait laissée à la Martinique !

Elle est donc avec lui, à Paris ! Ce n'est

pas ce qui me chagrine le plus, car j'aurais pu ne les rencontrer jamais, et je
puis faire en sorte de ne pas les rencontrer.
Mais il viendra voir mon père qui est de
retour. La reconnaissance et l'amitié le
conduiront vers lui, et il se présentera
chez moi, parce qu'il croira ne pouvoir
s'en dispenser. Il me fuirait peut-être, l'in-
grat, si l'honnêteté et la bienséance ne le
contraignaient à me rendre visite, et dans le
vrai, l'affectation de m'éviter donnerait
sans doute plus à penser que sa présence
ne pourrait le faire..... Dieu! s'il vient,
Julie, et s'il vient avec sa femme, comment supporterai-je cette entrevue sans
me trahir, sans faire connaître à monsieur
de Montalban ce que j'ai eu tant de peine
à lui cacher! Je connais mon mari, et je
sais que j'ai tout à craindre de ses soupçons jaloux; je sais que je suis perdue
s'il vient à connaître l'intérêt que j'ai pris
à Alphonse..... Au nom du ciel! Mon

amie, assure-toi s'il est en effet à Paris,
tâche de découvrir où il loge; c'est peut-
être, rue Ste Anne, dans cet hôtel où sa
voiture est entrée; écris-lui, apprends-lui
que je suis mariée, engage-le à m'éviter,
à ne pas venir ici troubler ma tranquillité
et mon bonheur..... mon bonheur..... Ah!
Julie!..

Je frémis dès que j'entends dans le
lointain le bruit d'une voiture. Je suis
tentée de m'échapper quand j'imagine
qu'elle s'approche, et lorsqu'en effet il
en entre une dans les cours du château
je suis près de me trouver mal..... ma situation est bien digne de pitié! Je suis
dans un état horrible. J'ai eu de la fièvre
cette nuit, j'ai peu dormi, mon sommeil
a été agité par des rêves effrayans, et je
tremble qu'il ne me soit échappé, en rê-
vant, quelques mots qui aient pu faire
connaître à mon mari l'état de mon cœur.
Je crains enfin de me livrer au sommeil,

et je le repousse lorsqu'il vient appesantir mes paupières fatiguées.

L'inquiétude que j'éprouve est telle, qu'elle ne peut échapper à monsieur de Montalban; car comment cacher ce que je souffre à un homme qui est constamment occupé à veiller un soupir, à observer la moindre altération dans mes traits! Que va-t-il penser s'il apprend que j'ai connu Alphonse, qu'il a long-temps habité près de moi, que nous étions destinés l'un à l'autre, que des malheurs seuls nous ont séparés, et que le désordre que j'éprouve est causé par son retour !..... Ah! rassure-moi bien vite contre la crainte de le revoir, et je serai plus calme, je serai sauvée. N'est-ce donc pas assez de tout ce que j'ai souffert pour ce perfide, et fallait-il qu'il vînt encore, par sa présence, ajouter à mon infortune!

Pardonne-moi, Julie, si je te parle autant de cet homme cruel. Que ne restait-il au-delà des mers ! Pourquoi par son retour me contraint-il, pour éviter de le revoir, à m'occuper de lui !.... Ah ! où est le temps qu'en pareille circonstance mon cœur aurait volé au-devant du sien.

Et il est souffrant ! il est pâle et défait ! En allant chercher à captiver la fortune dans des climats lointains il y aura sans doute perdu la santé. Peut-être n'est-il pas heureux, et a-t-il acquis la triste expérience que la fortune n'assure pas toujours le bonheur. On dit que les créoles sont capricieuses et fières, il se pourrait que celle qu'il a épousée lui cause des chagrins. Ah ! il n'en eût pas éprouvé de ma part, et mes soins et mes attentions l'auraient consolé des rigueurs de la fortune ; jamais je n'aurais cru faire assez pour le dédommager de me l'avoir sacrifiée, pour le consoler de n'être pas riche, pour lui témoigner ma reconnais-

sance de m'avoir préférée à tout! Peut-
être, Julie, me regrette-t-il, peut-être
a-t-il des remords!.... Ah! cette idée est
accablante, je ne puis la supporter.... Si
cela est, pour Dieu laisse-moi l'ignorer;
parle-moi de son indifférence, mais surtout dis-lui pour le calmer.... ah! dis-
lui bien que je lui pardonne.

Où me laissé-je emporter!.... je sens
que je deviens coupable... mais Alphonse
est malheureux, et je souffrirais moins
s'il ne l'était pas. Ce sentiment ne peut
être condamnable, et s'il faut pour n'être
pas criminelle étouffer dans mon cœur
tout sentiment d'humanité, ce sacrifice,
Julie, n'est pas en mon pouvoir.

Monsieur de Montalban vient, mon
amie, par une bizarrerie qui ne m'é-
claire que trop sur son caractère, de faire
ériger à l'entrée du parc un monument
à la fidélité conjugale, et il a affecté pendant qu'on le construisait et depuis qu'il

est achevé de m'y conduire plusieurs fois sous le prétexte de m'en faire admirer les détails et l'exécution. Conçois-tu maintenant tout ce que je dois appréhender d'un homme qui croit nécessaire de me retracer ainsi mes devoirs ! Il prétend que c'est à ma vertu qu'il a élevé ce monument; ah! je crains bien plutôt que ce ne soit à sa jalousie. Quoi qu'il en soit, je ne puis quand je vais au parc passer devant cet endroit sans éprouver un serrement de cœur affreux.

L'heure me presse; le messager est déjà venu prendre les lettres; je suis obligée d'envoyer celle-ci au bourg par Ursule, et je craindrais d'ailleurs d'employer la voie ordinaire. Il me tarde de recevoir de tes nouvelles, de savoir ce qu'Alphonse se propose de faire, ce qu'il t'aura répondu, et d'être certaine qu'il aura la générosité de m'éviter.

Envoie la réponse sous une double

enveloppe ; la première adressée à Ursule, et la seconde à Bertrand qui tient
l'hôtellerie du bourg. Je l'attends avec
la plus vive inquiétude. Adieu.

LETTRE XLIII.

La même à la même.

COMBIEN tu tardes à me répondre ! Que ton silence me cause de tourmens ! Combien cependant, Julie, j'ai besoin d'être rassurée sur mes craintes !.... Qu'est-ce donc, cruelle amie, qui peut t'empêcher d'écrire ?.... Aurais-tu quelque chose de plus fâcheux encore à m'apprendre ?.... Crains-tu d'augmenter mes peines ?.... Ah ! parle, au nom du ciel, parle ;.... écris-moi, je puis tout supporter, hors ton silence. J'ai besoin de tout savoir, et ton Isaure ne peut être plus malheureuse.

Tu ne dois même pas avoir eu besoin de faire chercher Alphonse ; il t'a trop connue pour ne s'être pas empressé de te

revoir.... Que t'a-t-il dit? T'a-t-il parlé
de moi?.... Sa femme est-elle avec lui?....
L'as-tu vue? Comment est-elle?.... Con-
sent-il à m'éviter?

Mes inquiétudes s'accroissent au point
qu'il me devient difficile de les cacher à
mon mari, et j'ai été près, pour éviter
qu'il ne surprît mon secret, de le lui confier ce matin, de lui ouvrir mon cœur,
de réclamer ses conseils, de me mettre
sous sa protection, de le placer entre Alphonse et moi. J'ai vainement essayé
d'exécuter cette résolution; deux fois j'ai
ouvert la bouche; mais le regard froid et
sévère de M. de Montalban, qui, je ne
sais pourquoi, est redevenu rêveur et sou-
cieux, a paralysé ma langue. Je n'ai pu
proférer une seule parole; et cette tentative m'a même été désavantageuse, en ce
qu'elle a produit en moi un embarras
qu'il a remarqué, qui l'a surpris, et qu'il
a pu interpréter défavorablement.

Ses conférences avec Carnero ont recommencé de nouveau. Cet homme artificieux, qui m'en veut plus que jamais depuis qu'il a été question de son renvoi et depuis que j'ai repoussé son méprisable amour et ses criminels désirs, saisira avec empressement toutes les occasions de troubler la paix de mon ménage; il ne négligera rien sans doute pour, en flattant les passions de M. de Montalban, reprendre son ascendant sur lui. Ah! que ne donnerais-je pas pour qu'il sût tout, pour qu'il connût ma façon de penser sur Alphonse, pour qu'il appréciât mes principes! Il serait bientôt convaincu qu'il n'y a dans mon cœur ni amour ni haine pour cet inconstant.... Oh! non, Julie, non, je ne l'aime plus.... Mais est-il donc nécessaire que je le haïsse?

————

HIER je n'ai pu rien prendre de toute

la journée, pas même un bouillon que
m'a présenté M. de Montalban. Je feignis
d'être incommodée. Je le suis réellement;
et cependant le médecin, que je n'ai pu
refuser de voir, déclara malheureusement
que ce que j'éprouvais ne tenait qu'à une
affection morale dont il ne lui était pas
possible de deviner la cause.

Mon mari, qui n'a pas quitté Carnero
de toute la journée, prit, lors de cette déclaration du médecin, un air plus sombre
encore; et quand celui-ci fut sorti : « Je
« souhaite, madame, me dit-il, que l'indis
« position que vous éprouvez ait une toute
« autre cause que celle que le médecin vient
« de lui prêter; mais je vous avoue que je
« partage son sentiment, et que je crains
« comme lui que cette indisposition ne pro-
« vienne d'une affection morale que vous
« cachez, et qui pour être concentrée n'en
« est que plus dangereuse. » Cette déclaration inattendue me frappa d'épouvante,

j'étais plus morte que vive, je tremblais qu'il ne m'eût devinée, je restai confuse et muette, je craignais de mentir.

Il ajouta, en fixant sur moi un œil observateur et pénétrant : « Votre cœur n'est « pas tranquille; qui peut donc l'agiter « ainsi? Dites, madame; et s'il est au « pouvoir d'un mari de le calmer, croyez « qu'il ne négligera rien pour y parve- « nir. » Il appuya avec affectation sur le mot *mari*, et la manière dont il le prononça me fit frissonner.

Je n'étais plus à moi. Jetée hors des limites de la prudence, j'allais me précipiter à ses pieds et me débarrasser d'un accablant fardeau en lui avouant le motif de mes peines, lorsqu'il me rassura en me disant : « Je crains bien que vous ne vous « soyez engagée au-delà de vos forces lors- « que vous me proposâtes de rompre avec « la société. Je vous sais gré du sacrifice, « je vous remercie de l'intention, mais je

« crois que vous m'avez offert plus que
« vous n'êtes en état de tenir. Au reste,
« madame, si vous regrettez la société ou
« aucune des personnes qui composaient
« celle que j'avais dernièrement chez moi,
« parlez, vous êtes la maîtresse de les
« rappeler, de terminer ces regrets et de
« recouvrer votre tranquillité. »

Ce reproche, tout injuste qu'il était,
me rassura et me rendit à moi-même.
« Je vous ai dit la vérité, lui répondis-je;
« lorsque je vous ai déclaré que je préfé-
« rais vivre avec vous et pour vous, et je
« la confirme. Je ne désire voir ici per-
« sonne, je ne désire même pas de passer
« l'hiver à Paris, et vous me ferez plaisir de
« me conduire de suite dans cette terre que
« vous avez en Normandie, où nous nous
« occuperons du projet que vous avez d'y
« réparer le château qui tombe en ruines.
« Accordez-moi cette grâce; j'en serai
« bien reconnaissante, puisque vous m'of-

« frirez l'occasion de vous convaincre que
« près de vous je ne désire rien, et que
« j'y serai toujours parfaitement heu-
« reuse. »

Il parut très-surpris de cette proposi-
tion, qui contrariait ses soupçons. Il hé-
sita un peu, mais il y revint aussitôt en
me disant : « Nous verrons, madame;
« mais j'y penserai avant que de vous
« prendre au mot, pour vous éviter un
« repentir. » Et il me laissa.

Ursule va porter cette lettre au bourg;
mais il fait mauvais, et je crains en l'y
envoyant actuellement de donner à penser et d'augmenter les soupçons de mon
mari. Carnero et lui ont l'œil partout,
et plus particulièrement encore sur elle.
Cependant, mon amie, puis-je mettre
de semblables lettres dans la boîte du château, dont la clef est dans les mains de
cet Espagnol?

Je désire bien qu'Ursule me rapporte

2.

une réponse à ma dernière lettre, car, dût-
elle augmenter encore mes chagrins, je ne
puis vivre dans ces angoisses, je ne puis
supporter plus long-temps le fardeau de
mes peines. Adieu, Julie.

LETTRE XLIV.

Montalban à Segarva.

———

JE ne suis pas heureux ; madame de Montalban est malheureuse.... je redoute l'avenir. Elle est triste, pensive ; elle a des chagrins secrets, j'en cherche en vain la cause..... je saurai la pénétrer ; mais je crains d'avoir été sa dupe, et cette idée m'indigne et m'humilie.

Segarva, je ne vous cacherai rien, j'imposerai silence à mon amour-propre. J'ai eu dernièrement un violent accès de jalousie, et peut-être n'était-elle pas fondée. J'ai fait un éclat fâcheux, il a tourné contre moi ; ma société m'a tout à coup abandonné, cet événement m'a dé-

concerté, il a complété ma défaite, et je
me suis comporté comme un enfant.

Madame de Montalban a su tirer un
grand parti de la situation ridicule dans
laquelle son adresse m'avait jeté; elle m'a
amené, et je rougis de l'avouer, à lui demander un pardon, que généreusement
elle a bien voulu m'accorder. Je me suis
mis à sa merci, j'ai eu la bonhomie de
la prendre pour mon guide, j'ai promis
de suivre ses conseils, j'ai promis de
mieux me conduire, ce qui ne sera pas
difficile, car je me suis conduit vraiment
comme un sot. Pauvre dupe que j'étais !
Mais je ne l'ai pas été long-temps. Vous
me l'avez dit souvent, Segarva, et j'en
offre une bien triste preuve, que nos
lumières et notre profonde sagesse viennent échouer devant l'adresse et l'hypocrisie de ce sexe souple et rusé, qui par-
vient toujours à nous conduire à ses fins.

Aussi suis-je loin de me faire un mé-

rite d'avoir su dissiper le prestige dont
elle m'avait environné, et si je suis enfin
sorti de mon aveuglement, je le dois moins
sans doute à mes talens qu'à son inexpé-
rience. Novice encore dans l'art de tromper, et fière de la victoire qu'elle venait
de remporter, elle n'a pu se contraindre
assez pour en recueillir le fruit. L'illusion
est dissipée, je suis enfin rendu à moi-
même; je ne crains plus de nouvelles dé-
faites; non, non, je ne me laisserai plus
surprendre.

Pour achever de me tromper elle avait
offert de renoncer au monde, elle avait
prétendu ne vouloir vivre que pour moi!
..... que pour moi seul! J'ai été pour un
instant dupe de l'artifice; mais à peine
ce sacrifice, que j'ai refusé d'abord et
qu'elle s'était flattée que je persisterais à
repousser, a-t-il été prononcé, qu'elle a
succombé sous le poids de ce vœu témé-
raire; ses regrets l'ont emporté sur sa

ruse; elle n'a pu les dissimuler long-
temps, et j'ai bientôt soupçonné un
mystère.

La voilà donc cette femme par excel-
lence, le modèle de son sexe! Appréciez-
le maintenant, ou plutôt, vous qui le con-
naissez, amusez-vous de mon ignorance...
Mais quel est l'objet qui la captive au
point de la porter à de semblables ma-
nœuvres! C'est ce que je n'ai pu parvenir encore à découvrir; mais ce que je
ne tarderai pas à connaître. Il y avait ici
un chevalier de Saunois..... j'ai soupçonné..... mais non, cette idée m'humilie.....
Je le connais, je connais ma femme; il
n'est pas celui qui a pu captiver son cœur,
qui a pu m'en chasser; je me rends plus
de justice, et je suis convaincu que je dois
chercher ailleurs un autre rival.

Lorsque, pour gagner ma confiance,
elle me proposa de rompre avec ma société,
c'est que l'objet qui l'intéresse n'en faisait

pas partie; elle cherchait seulement à m'inspirer une fausse sécurité; elle voulait s'assurer, pendant l'hiver à Paris, toute la liberté dont elle a besoin pour se rapprocher de celui qu'elle aime; elle m'avait amené à consentir de la replonger dans le tourbillon; et c'est là sans doute qu'elle se proposait de le voir. Mais elle m'a demandé depuis d'aller passer ce même hiver dans ma terre de Normandie, et c'est là.... oui, c'est là que je dois le chercher. .... Mais pourquoi prendre cette peine? Je n'ai qu'à la laisser faire, je n'ai qu'à l'observer et à la suivre; elle se prendra dans ses propres filets, elle-même sera le pilote qui me guidera vers l'objet de ses coupables désirs.

Mais qui donc est-il? et où a-t-elle pu le connaître? Ce ne peut-être qu'avant son mariage; et je n'en ai cependant jamais entendu parler. La passion qui l'égare doit être d'une extrême violence, puisqu'elle

l'a jetée sitôt hors de ses gardes, et qu'il
lui est devenu impossible de la cacher.
Elle cherche en vain à se contraindre, ses
efforts mêmes la décèlent, la trahissent, et
je lui ferai voir avant peu que je suis son
maître dans l'art de dissimuler.

Elle m'avait conduit au point de me dé-
faire de l'austère et du vigilant Carnero,
que je lui avais sottement sacrifié. Elle le
trouvait sans doute trop clairvoyant. C'est
lui en effet qui m'a ouvert les yeux, qui
m'a convaincu que j'avais été complètement dupe du manège d'une femme.....
Ah! Segarva, je ne me le pardonnerai
jamais, et il me tarde de prendre une re-
vanche. Carnero restera; il m'aidera à
pénétrer ce mystère; sans lui elle me
tromperait encore, elle abuserait encore
de la faiblesse que j'ai eue pour elle.... Elle
ne le trompera pas lui, il est de sang froid....
Ah! que ne vous ai-je cru; je serais encore
heureux et tranquille.

Frémissez, Segarva ! Hier soir je rentrai tard. Madame de Montalban venait de se coucher. J'appris que dans la soirée elle s'était enfermée dans son cabinet d'étude pour pincer de la harpe. Étonné de cette précaution, j'entrai dans ce cabinet. Je vis près de l'instrument un cahier encore ouvert : je l'examinai, il me présenta une romance sur l'inconstance d'un amant ; et des changemens et des corrections aux paroles et à la musique m'offrirent une preuve incontestable qu'elle en était l'auteur. Le feuillet, Segarva, était encore humide..... Elle avait couvert cette romance de ses larmes. Et cependant est-il possible qu'elle puisse avoir à se plaindre de l'inconstance d'un amant !..... Non, non, quand on aime cette perfide, ce doit être pour la vie..... Je m'y perds ! Voici cette romance.

---

*SUR L'INCONSTANCE.

Fuyez l'amour, sexe aimant et timide,
Craignez d'aimer, l'amour est un trompeur.
Ah! des amans le langage est perfide;
Fermez l'oreille et gardez votre cœur!
D'un doux penchant la trop vive peinture
Vous séduirait, hélas, au même instant.
Tout est constant dans la nature;
Mais l'homme seul est inconstant.

Dans nos forêts a-t-on vu le lierre,
Changeant de goût, abandonner l'ormeau;
La tourterelle, en fuyant la bruyère,
Pleurer l'oubli du tendre tourtereau?
Vit-on jamais du ruisseau l'onde pure,
Contre sa source aller en remontant?
Tout est constant dans la nature;
Mais l'homme seul est inconstant.

Lorsque l'hiver, désolant la campagne,
A vivement fait sentir ses rigueurs,

---

* L'air et l'accompagnement de piano sont à la fin
de l'ouvrage.

Le doux printemps, que Zéphir accompagne,
Vient aussitôt nous présenter ses fleurs.
L'astre du jour, suivant sa marche sûre,
Varia-t-il jamais d'un seul instant ?
Tout est constant dans la nature ;
Mais l'homme seul est inconstant.

POUR mieux tromper, l'amant promet d'avance
De ne cesser d'adorer qu'en mourant ;
Son cœur dément ce que sa bouche avance,
Ses sermons sont plus légers que le vent :
Le matelot en fendant l'onde amère
*Rencontre au loin même un souffle constant.
Pourquoi dans la nature entière
L'homme seul est-il inconstant !

J'entrai ensuite, Segarva, dans son appartement ; elle dormait. J'écartai ses rideaux avec précaution ; son sommeil était agité. Je la considérai avec attention, elle soupirait péniblement, et elle proféra quelques mots entrecoupés que je ne pus

---

* Les vents alizés.

comprendre. J'écoutais avec avidité , tous mes sens étaient concentrés dans mon ouïe. Elle soupira de nouveau, et je l'entendis prononcer distinctement *Alphonse*. Serait-ce le nom de mon rival ! C'est le seul mot que je pus saisir, et la voyant plus tranquille, je perdis l'espoir d'en entendre davantage.

Ce matin en déjeunant je me décidai à une épreuve qui pouvait me faire connaître si le hasard seul lui avait fait prononcer ce nom. Je lui annonçai que j'allais me rendre à Paris. Etonnée , elle me demanda pourquoi. — « J'apprends, lui « répondis-je, au hasard, qu'Alphonse y « est arrivé, et je désire y aller pour le « voir. — Elle tenait une tasse de chocolat qu'elle approchait de sa bouche; la tasse lui échappa, elle se trouva mal; et lorsque je lui demandai ce qu'elle avait, elle osa me répondre qu'elle était fâchée d'apprendre que je dusse m'éloigner d'elle.

Je suis maintenant certain que mon rival se nomme Alphonse; mais toutes mes conjectures sur ce nom n'ont abouti à rien, et je me suis seulement rappelé de l'avoir entendu prononcer une seule fois chez son père avant mon mariage.

J'avais la bouche ouverte pour demander à la perfide pourquoi, si ce n'était pas ce nom, plutôt que mon départ, qui la troublait ainsi, elle ne s'informait pas qui était cet Alphonse, et ce que j'avais à démêler avec un homme qu'elle paraissait ne pas connaître. Mais je m'arrêtai fort heureusement. Qu'aurais-je gagné à cette question? Je n'en aurais pas appris davantage. Elle m'aurait questionné à son tour; elle se fût bientôt aperçu que je ne savais rien, et se serait aussitôt rassurée. J'ai préféré garder le silence: voilà un grand pas de fait; et déjà je jouis d'un commencement de vengeance en la livrant au tourment de l'incertitude. Ses inquiétudes m'aideront à pénétrer ce mystère..... Ah ! elle apprendra bientôt que je sais aussi user de dissimulation.

Déjà je viens d'en faire un essai en poussant encore plus loin l'épreuve. Feignant de ne m'apercevoir de rien, je lui demandai au milieu de son désordre une romance sur la harpe. Elle fit un signe d'acquiescement et se disposa à chanter, lorsqu'elle était à peine en état d'ouvrir la bouche. Je plaçai aussitôt devant elle la romance que la veille elle avait couverte de ses larmes ; mais à peine l'eut-elle reconnue, à peine eut-elle essayé de préluder, que ses doigts restèrent paralysés, sa voix expira sur ses lèvres ; elle se plaignit qu'elle se trouvait mal, elle fondit en larmes ; on fut obligé de la porter chez elle...... Segarva! elle est coupable ! .... elle sera punie !

Déjà je sais que mon rival se nomme Alphonse, qu'il passe l'hiver à Paris et

l'été près de ma terre en Normandie; je
sais qu'elle pleure sa légèreté ou son inconstance. Et cette femme artificieuse,
loin de se repentir et d'éloigner son a-
mant, cherche à se rapprocher de lui !....
Ah ! c'est elle qui est la séductrice ; c'est
elle qui, foulant aux pieds la pudeur de
son sexe, se jette au-devant de lui dans
le coupable espoir de se le conserver.....
Elle médite un adultère..... Elle fait peut-
être plus encore ; car où s'arrête une
femme, quand elle a commencé à devenir criminelle !.... Elle projette de lui appartenir un jour, et me regardant comme
le seul obstacle à sa passion effrénée, oubliant tout ce que j'ai fait pour son père
et pour elle, elle espère peut-être se dé-
faire de moi ; elle se flatte qu'un accident, une maladie, un duel avec ce rival
odieux..... que sais-je !.... je n'ose poursuivre, la plume me tombe de la main,

je crains de donner cours à mon imagi-
nation, j'ai besoin de conserver du sang-
froid..... Ah! Segarva, qu'elle tremble,
ma vengeance sera terrible !

J'apprends par Carnero que deux fois
elle a envoyé par sa femme de-chambre
ses lettres à la poste du bourg. Déjà depuis long-temps elle évitait de les mettre
dans la boîte du château, et les faisait
donner directement au messager. Elle ne
croit plus cette précaution suffisante, et
par les mesures qu'elle prend il paraît
que l'affaire est sérieusement engagée.
Carnero m'a proposé d'employer la violence pour intercepter cette correspondance ; mais je répugne à un semblable
moyen. Il pourrait donner d'ailleurs inutilement l'éveil et me faire perdre la
trace.... je verrai..... mais si je ne puis
parvenir autrement à démêler cette intrigue, j'ai un moyen sûr de me mettre

sans éclat et sans rien déranger en pos-
session de ces lettres. Vous ne tarderez
pas à être instruit des suites de cette coupable intrigue.

LETTRE XLV.

Julie à Isaure.

J'ESPÉRAIS, ma chère Isaure, pouvoir te laisser ignorer le retour d'Alphonse, et le déterminer à quitter de suite la France. Vain espoir! Tes dernières lettres m'apprennent que tu es instruite de son arrivée; il s'obstine de son côté à vouloir que je te l'annonce; il ne m'est donc plus possible de te cacher son retour.

Oui, mon amie, je l'ai vu;.... je l'avais vu même avant que tu me parlasses de lui. Je suis effrayée de ce que j'ai à t'apprendre.... Arme-toi de courage, tu en as besoin.... Alphonse n'est pas marié,.... il ne l'a jamais été. Il exige impérieuse-

ment que je t'instruise de cette circonstance, et je suis obligée de me rendre à
ses désirs pour éviter de plus grands malheurs. Si j'avais hésité plus long-temps à
t'apprendre qu'il t'est resté fidèle,.... il
serait maintenant au château de Montalban.

Telle infortunée que tu aies été ou que
tu sois en ce moment, apprends que tu
peux l'être bien davantage.... Mais ne t'ef-
fraie pas, il est encore possible de prévenir ces malheurs. Tout dépend de ton
courage, de ta force d'âme; tu en es pour-
vue; c'est maintenant qu'il faut les employer; et il n'est pas de situation, si déses-
pérée qu'elle soit, qui n'offre quelque
ressource.... Calme-toi, Isaure ;... écoute-
moi.

J'appris avec le dernier étonnement le
retour d'Alphonse par un billet qui me
demandait une entrevue, et qui me sup-
pliait d'en fixer l'heure. Je croyais qu'il

ignorait ton mariage; il m'eût été bien
pénible de le lui apprendre; mais son
style me convainquit qu'il était instruit
de cet événement. Je lui répondis que
j'étais prête à le recevoir, et il se présenta
un quart d'heure après. Lorsqu'il entra,
quoique je l'attendisse, je le regardai sans
le reconnaître, et j'eus besoin de le considérer attentivement afin de m'assurer
que je ne me trompais pas.

Ah! Isaure, comment aurais-je en effet reconnu en lui cet Alphonse que j'a-
vais vu jadis près de toi à Belleville! Ce
n'était plus ce beau jeune homme si brillant de santé et de fraîcheur, dont le regard peignait la sérénité de l'âme et les
plus douces affections du cœur;.... non,
non, ce n'était plus celui qu'on se plai-
sait à considérer comme le chef-d'œuvre
de la nature, paré de toutes ses grâces et
de tous ses dons. Pâle, hâve, défait, l'œil
hagard et dans lequel on ne lisait que de

sinistres desseins, voilà quel était le jeune homme qui se presentait à moi, et je le reconnus à son désespoir.

J'en cherchais en vain les motifs. Je pensai d'abord qu'enrichi par un mariage d'intérêt qui avait été de son choix il regrettait peut-être de t'avoir sacrifiée à l'opulence. Ah! me dis-je aussitôt, il s'aperçoit trop tard que la fortune ne procure pas toujours le bonheur. Il s'avança lentement, s'arrêta à quelques pas de moi, me considéra attentivement et en silence; il parut chercher, en appuyant avec force sa main sur son front, à recueillir ses idées, et j'avoue que je fus effrayée de son aspect.

« Elle est donc mariée! s'écria-t-il enfin « d'une voix sombre et éteinte. — Oui, « monsieur, lui répondis-je, mademoi- « selle d'Aubignie est mariée. — Elle est « heureuse?—Je le crois; l'homme qu'elle « a épousé ne néglige rien pour la rendre.

« telle. — Et vous ne l'avez pas détournée
« de cette funeste alliance? — Pourquoi
« donc, monsieur, me serais-je opposée
« à son bonheur? — Elle oublia donc ce-
« lui qui ne pouvait exister que par elle?
« — Mais vous, monsieur, ne commen-
« çâtes-vous pas à l'oublier vous-même?
« Quel droit auriez-vous de lui faire un
« semblable reproche? Etait-elle d'ailleurs
« engagée avec vous? — Oh! non, non,
« je ne l'oubliai pas. Serais-je aussi mal-
« heureux si je l'avais oubliée? Mais j'ai
« tort de me plaindre, et je ne devais pas
« m'attendre qu'elle se conservât pour
« moi. — Vous m'étonnez, monsieur, car
« quand bien même mademoiselle d'Au-
« bignie eût été engagée à votre égard, ne
« l'auriez-vous pas rendue à elle-même
« en épousant une autre femme; et quand
« vous avez ainsi disposé de vous, êtes-
« vous fondé à lui reprocher d'avoir suivi
« votre exemple?

Il jeta sur moi un regard étonné ; il paraissait chercher à me comprendre. « Pardon, mademoiselle, si je vous fais répéter ; vous parlez, je crois, d'une femme qu'on a prétendu que je devais épouser ? — Je parle, monsieur, d'une femme que vous avez épousée. Je ne prétends pas vous blâmer : votre situation, celle d'Isaure, le peu d'espoir que vous deviez conserver d'être un jour l'un à l'autre, le désir de plaire à votre oncle, le besoin de conserver sa fortune, tout vous aura sans doute déterminé à conclure ce mariage. Personne n'a le droit de s'en plaindre ; mais aussi vous n'avez, il me semble, aucun reproche à faire à personne. — Ciel ! quelle funeste erreur, s'écria-t-il en se frappant la tête avec violence..... Je ne suis pas marié ! « — Vous n'êtes pas marié ? répétai-je hors de moi. — Je ne l'ai jamais été.... Isaure a-t-elle pu le croire ? — On lui

« en a donné l'assurance. — Ah! devait-
« elle y ajouter foi? Voilà, voilà donc la
« cause du malheur affreux dont je suis
« la victime!.... Je n'y survivrai pas! »

Il était tremblant, éperdu, et je craignais les suites de son désespoir. J'essayai
en vain de le calmer; loin d'y parvenir,
il reprit avec amertume : « Tandis que je
« me sacrifiais, que je bravais la colère
« d'un oncle, que je repoussais la femme
« qu'il me présentait; tandis que pour
« conserver ma foi à votre amie je m'ex-
« posais au plus affreux dénûment, je
« foulais aux pieds cette fortune dont en
« mourant cet oncle cruel, pour me pu-
« nir de ma constance, tenta de me dé-
« pouiller, et que je m'empressais de ve-
« nir déposer aux pieds de l'infidèle, elle
« prêtait l'oreille à des rapports outra-
« geans et mensongers, elle me croyait
« inconstant lorsque je l'adore, elle me
« croyait l'époux d'une autre femme lors-

« que je ne puis vivre sans elle, lorsque sa
« crédulité va me coûter la vie..... Ah !
« Isaure, Isaure ; je ne puis vous pardon-
« ner de m'avoir aussi mal jugé !.... Quel
« est l'auteur d'une semblable calomnie ?
« Ce ne peut être son respectable père....
« Si c'était celui qu'elle a épousé,.... je
« vengerais dans son sang une semblable
« perfidie. »

Épouvantée de son désordre, je lui pris
les mains : « Alphonse, remettez-vous, lui
« dis-je ; il n'y a pas eu de perfidie. M. de
« Montalban est trop délicat pour avoir
« employé de semblables moyens. Loin
« de là, il vint généreusement, et en re-
« nonçant à sa main, la sauver ainsi que
« son père au moment où on allait les
« arracher de leur dernier asile..... Isaure
« vous croyait marié, elle voulut acquit-
« ter son père, et la reconnaissance la con-
« duisit à l'autel.

« — Ah ! s'écria-t-il attendri et en ver-

« sant des larmes, je reconnais bien là
« cette femme angélique, qui sut toujours
« ne s'occuper que du bonheur des au-
« tres! Je serai donc le seul qu'elle aura
« rendu malheureux, moi, moi, qui ne
« voulais vivre que pour la rendre heu-
« reuse! Elle s'est crue oubliée de celui
« qui ne s'occupait que d'elle, et elle se
« sacrifia à ses devoirs!.... Innocente vic-
« time! Je respecte ses vertus, je ne trou-
« blerai pas son repos. Son mari la sauva,
« il sauva son père, et la reconnaissance
« m'interdit à mon tour de lui demander
« raison du trésor qu'il m'a ravi.... Il a
« posé entre lui et moi une barrière insur-
« montable.... Non, non, je ne porterai
« pas le fer dans le cœur de celui qui sauva
« Isaure; je serai la seule victime; je vais
« me justifier à ses yeux, et je mourrai
« ensuite moins misérable. —Que parlez-
« vous de mourir? Ah! vivez, Alphonse,
« vivez encore pour le bonheur; le temps...

« — Moi, vivre ! quand j'ai perdu Isaure !
« Oh ! non, je veux la voir, la détromper
« et mourir lorsqu'elle aura entendu de
« ma bouche que je lui ai été constamment
« fidèle. — Au nom du ciel, laissez ce si-
« nistre projet. Ah ! si le terme de votre
« existence doit être l'époque où Isaure,
« cruellement détrompée, vous aura rendu
« justice, vous ne la verrez jamais. Jamais
« je ne me prêterai à la rendre ainsi l'ins-
« trument de votre destruction..... Ah !
« soyez généreux ; elle est déjà assez mal-
« heureuse, ne la poussez pas au déses-
« poir. Infidèle, elle vous pleura ; cons-
« tant, elle ne pourrait vous survivre !
« Vivez, Alphonse, le temps et l'éloigne-
« ment pourront adoucir vos peines et
« vous rendre la paix du cœur. Faites un
« sacrifice au repos d'Isaure, laissez-lui
« son erreur, consentez à continuer de lui
« paraître coupable, laissez-lui ignorer
« votre retour, éloignez-vous, quittez

« pour jamais la France,.... qu'elle n'en-
« tende plus parler de vous.

« — Que me demandez-vous, s'écria-
« t-il avec impétuosité, qu'osez-vous exi-
« ger ? Moi ! que je laisse Isaure persuadée
« que je suis l'époux d'une autre femme,
« que je l'ai bassement sacrifiée à la for-
« tune, que celui qu'elle a estimé, se gui-
« dant par un vil intérêt, s'est ainsi dés-
« honoré ! jamais, jamais. Mais c'est trop
« discourir.... Je vois, mademoiselle, que
« je n'ai rien à attendre de vous, je sais
« ce qui me reste à faire, et je ne prends
« conseil que de moi-même. »

Il s'éloignait avec précipitation. Un pistolet tomba de sa poche, il voulut le ra-
masser, je m'en saisis. Glacée d'épouvante, je me jetai entre lui et la porte :
« Arrêtez, Alphonse, arrêtez, m'écriai-je
« éperdue; qu'allez-vous faire? vous allez
« perdre Isaure — Oh! non, me répon-
« dit-il avec amertume, je sens que je

« suis perdu, mais je ne veux perdre per-
« sonne. Ne craignez rien pour votre amie,
« je me sacrifierai à son repos. — Expli-
« quez-vous, que voulez-vous dire ? —
« Avant peu elle saura ce qu'était Al-
« phonse, avant peu elle sera toute en-
« tière à son époux. — Homme cruel ! et
« avant peu, en mourant, vous aurez tué
« Isaure ! Alphonse, justifiez-vous, puis-
« que vous le voulez, mais promettez-moi
« de vivre : je vous demande cette grâce
« pour vous et pour mon amie.

Il s'arrêta, il réfléchit un instant,
et jetant sur moi un regard sombre :
« Quoi, Isaure, me dit-il, ne me survi-
« vrait pas ! — En doutez-vous, si elle
« vous savait fidèle, et si vous vous por-
« tiez pour elle à une telle extrémité !
« — Eh bien ! je consens à vivre, je con-
« sens à quitter la France, à aller traîner
« loin d'ici les restes d'une vie misérable...
« mais c'est à une condition. C'est qu'a-

« vant de m'éloigner je verrai encore une
« fois Isaure, je lui prouverai que je lui
« suis resté fidèle, je lui dirai devant vous
« un éternel adieu.... Un instant suffit,
« ici ou ailleurs. Cette courte entrevue
« ne peut la compromettre; elle paraîtra
« une rencontre, l'effet du hasard.....
« N'hésitez pas à la lui proposer..... Son-
« gez qu'il y va de ma vie.... — Qu'osez-
« vous demander. Songez à sa situation,
« les soupçons de son mari sont éveil-
« lés...... la moindre imprudence la perd.
« — C'en est assez; adieu. — Arrêtez. Eh
« bien ! je vous promets de lui faire part
« de ce que vous désirez ; je vous pro-
« mets même d'appuyer votre demande....
« Remettez-moi ces armes. — Les voilà,
« mais n'oubliez pas qu'elles peuvent être
« facilement remplacées. — Donnez-moi
« votre parole d'honneur, Alphonse, de
« ne pas attenter à vos jours jusqu'à ce
« qu'Isaure ait répondu. — Je vous la

« donne. Ah ! l'espoir de la revoir en-
« core suffit pour me faire désirer de
« vivre. — Laissez-moi votre adresse. —
« La voici.—Adieu, Alphonse.—Adieu,
« mademoiselle ; je ne vous reverrai que
« pour recevoir mon arrêt. »

Il me quitta. Tout annonce que si tu
refuses sa demande, il exécutera son funeste dessein. Je n'ose te conseiller dans
une circonstance où il y va de ta vie et
de la sienne ; et je ne puis qu'examiner
avec toi l'affreuse alternative qui se présente.

Si tu consens à voir Alphonse, et que
monsieur de Montalban en soit instruit,
il se portera contre toi à quelque fâcheuse
extrémité ; il fera un éclat scandaleux,
ta réputation se trouvera compromise,
tu seras perdue sans ressource, tu vivras
malheureuse, et tu périras de chagrin. Alphonse l'apprendra, il reviendra, il te

vengera..... Les résultats sont incalcu-
lables.

Si tu refuses, tu prononces la mort
d'Alphonse, il aura cessé de vivre par
toi ; sa fin tragique éveillera la malignité
publique ; cette catastrophe portera jusqu'à l'exaspération la jalousie de ton mari ; ta douleur l'éclairera sur les sentimens de ton cœur ; il ne te tiendra aucun compte du sacrifice ; il t'abreuvera
d'amertume ; tu te reprocheras sans cesse
d'avoir abrégé les jours d'Alphonse, et
tu mourras de désespoir, si monsieur de
Montalban ne te fait pas mourir de chagrin.

Songe qu'Alphonse ne demande qu'un
moment, qu'une rencontre, qu'il consent
que je sois présente, que vous pourriez
vous voir dans une des promenades des
environs du château, qu'il consentirait
à vivre, à quitter la France, qu'il ne res-

terait aucune trace de cette entrevue, et qu'il y a mille contre un à espérer que ton mari l'ignorerait toujours.

Nous nous rendrions de suite chez ton père. Tu lui ferais l'aveu de ce que tu te serais permis pour sauver Alphonse; tu l'instruirais de ce que tu as eu depuis long-temps à souffrir des soupçons jaloux de ton mari, et du danger que tu cours, s'il vient à apprendre tes anciennes liaisons avec ce jeune homme, son retour et ton entrevue avec lui. Tu le convaincras de la nécessité d'instruire lui-même monsieur de Montalban de toutes ces circonstances, et qu'à ta prière cet infortuné est sorti de France pour n'y jamais rentrer. Ton mari t'aime; il est grand; il est généreux; cet aveu provoquera son indulgence; il pardonnera un amour qui précéda ton mariage; il déplorera l'erreur funeste qui te persuada qu'Alphonse était marié; il admirera cette piété filiale qui,

en faisant violence à ton cœur, te préci-
pita dans ses bras ; il te rendra justice ; il
te consolera ; et tu pourras encore vivre
heureuse.

Tel est l'avis de ma mère que j'ai cru
devoir consulter dans une circonstance
aussi délicate. Je te conseillerais bien de
consulter aussi ton père avant que de
prendre un parti ; mais il n'a pas vu Alphonse, il n'a pas été témoin de cette
scène déchirante, il ne sait pas jusqu'où
peut le porter son désespoir ; je connais
l'inflexibilité de ses principes, et si tu le
consultes, Alphonse est perdu.

Prononce maintenant, mais réfléchis
mûrement avant de prononcer. Je vais
être en proie à la plus vive inquiétude
jusqu'à ce que je reçoive ta réponse.
Adieu, trop malheureuse amie !

LETTRE XLVI.

Alphonse au chevalier.

Ma vie dépend d'Isaure !.... J'attends mon arrêt !...... Si elle consent à me voir, à recevoir un dernier adieu, j'ai promis de vivre, je quitte la France, je vais au bout du monde, je vais vivre au milieu des sauvages.... Ils ne m....ront jamais autant de mal que m'en ont fait les Européens !.... Ah ! je suis victime de leurs usages et de leurs préjugés !

Avec quel empressement je revenais sur cette terre chérie, dont j'ai promis de me bannir ! Seul, ne tenant à rien, isolé dans l'univers, je vais donc, si elle

me permet de la voir encore, n'exister
ensuite que par le désespoir !

Quoi, Isaure ! cette Isaure en qui
j'avais concentré toutes mes affections,
dont la constance soutenait mon courage.... Isaure est l'épouse d'un autre !....
et j'ai pu ne pas mourir de douleur !.....
Deux fois le trop fidèle Prosper m'arra-
cha l'arme qui allait terminer mes souffrances, et depuis, le seul espoir de la revoir a retenu mon bras !

J'ai vu Julie ; elle m'a promis de lui
demander une entrevue. Si elle l'obtient,
tu reverras encore ton ami.... dans le cas
contraire, deux lignes t'apprendront que
j'ai vécu.

Ah ! si je dois cesser d'exister, je trouverai une consolation à recevoir la mort
de celle pour qui seule je voulais vivre !...
Horrible alternative !.... Elle va prononcer..... demain je connaîtrai mon sort !

LETTRE XLVII.

Isaure à Julie.

Que m'apprends-tu !..... Quoi ! Alphonse n'est pas marié !..... Quoi ! Alphonse est constant ! il m'aime encore..... et je suis l'épouse d'un autre ! Mon mariage le rend le plus infortuné des hommes !..... Ah ! aide-moi, Julie, à me dérober à mon cœur !

Quelle scène affreuse tu viens de me raconter ! Mon sang s'est glacé en lisant ta lettre. Je n'osais poursuivre..... mes yeux obscurcis de larmes confondaient tout..... Je croyais lire à chaque ligne qu'Alphonse avait cessé de vivre !

A quelles extrémités je suis réduite,

5.

et quel choix cruel tu me donnes à faire !..
Ah ! conserve à tout prix les jours d'Alphonse..... Je ne le verrai pas..... non, je
ne le puis le voir; mais je veux qu'il vive !

Jalouse de l'honneur de monsieur de
Montalban, je le conserverai sans tâche.
Ce n'est pas assez que de ne pas paraître
criminelle, je dois éviter même jusqu'à
l'apparence du crime... seule je me sacrifierai... non, Julie, je ne le verrai pas; mais
je t'en conjure, sauve-le de lui-même...
Ah ! pourquoi ces larmes précieuses qu'il
versa pour moi ne coulent-elles pas sur
mon tombeau !.... Je ne souffrirais plus !

Engage-le à m'oublier; dis-lui qu'épouse sans courage, amante irrésolue,
je ne suis pas digne de son désespoir......
dis-lui qu'il me haïsse même..... mais surtout dis-lui qu'il vive !

Julie, pourquoi n'ai-je pas suivi ton
conseil? pourquoi ne me suis-je pas défait
de son portrait?... J'ai osé le revoir en-

core. Il m'avait trop long-temps présenté Alphonse infidèle; constant, j'ai voulu le revoir... j'ai pleuré sur cette image chérie; elle a ébranlé et affaibli mes résolutions.

Crois-tu qu'il ait aussi conservé mon portrait? Crois-tu qu'il le couvre maintenant de ses larmes? Cette supposition adoucit l'amertume de mes chagrins. Mais que dis-je !..... je m'oublie.... les pleurs mêmes qui inondent ce papier sont criminels.... il ne m'est pas permis d'en répandre.... cependant je ne puis en arrêter le cours !

L'ORAGE gronde sur ma tête. Les difficultés et les dangers s'accumulent.... Mes idées se confondent..... je ne sais où j'en suis. Monsieur de Montalban a nommé Alphonse, il paraît instruit de son retour. Il annonce qu'il va l'aller trouver à Páris !.... D'où le connaît-il? Qui l'a infor-

formé de ce retour ? Alphonse, dans son
désespoir, aurait il commis une imprudence?..... Aurait-il provoqué mon mari ?
Dieu ! suis-je donc exposée à voir s'égor-
ger mon amant et mon époux ! Épouvan-
table destinée ! Je n'ai osé faire aucune
question ; je ne sais à quoi m'arrêter,
quel parti je dois prendre, ni de quel malheur j'ai à me garantir. Enfin, c'est au
milieu de ces souffrances que monsieur de
Montalban me pria de chanter, et qu'il
plaça devant moi une romance sur l'inconstance, que la veille encore.... Cruel
homme ! Avait-il quelque intention en
me la présentant ? Il semble tout deviner,
tout savoir, il semble lire jusqu'au fond
de mon cœur. Je me sentis effrayée,
comme un coupable que l'on vient de
convaincre ; je perdis la tête ; je ne sais
ni ce que je fis, ni ce que je dis ; je me re-
trouvai dans mon appartement au milieu
de mes femmes.... Mon fatal secret me

serait-il échappé?.... Ah! mon existence
est un supplice!.... Pourquoi ne puis-je
mourir de douleur ?

———

JE n'ai pas un seul instant de tranquillité, et j'ai encore éprouvé ce matin
une inquiétude affreuse. J'étais seule
dans mon cabinet d'étude. Je tenais à la
main le portrait d'Alphonse, lorsque
tout à coup j'entendis la voix de monsieur de Montalban, qui de mon anti-
chambre donnait quelques ordres à l'un
de ses gens qui passait sur l'escalier. Je
n'eus que le temps de jeter ce portrait
sur ma table, de le cacher sous des papiers, et, pour lui dérober mes larmes,
de me couvrir de mon voile, comme si
j'étais prête à sortir. Il entra sous quelque prétexte. Il est impossible qu'il ne
se soit pas aperçu de mon émotion, de
mon embarras, et cependant il n'en fit

rien paraître. Il me demanda où j'allais;
je lui répondis que j'avais mal à la tête,
et que j'allais prendre l'air.

Il me laissa sortir sans me faire d'autres questions; je me hâtai de descendre
et d'aller m'enfoncer dans les allées cou-
vertes du parc...... Mais à quoi sert de
fuir?..... Puis-je échapper à mon cœur !

Je me rappelai peu après ce portrait,
que, tremblante j'avais couvert avec précipitation ; je me souvins que j'avais
laissé monsieur de Montalban dans mon
cabinet. Saisie de frayeur, cédant à ma
crainte, je repris avec précipitation le
chemin du château. Je m'introduisis par
une porte de derrière, je montai furtivement, j'entrai chez moi, je courus vers
ma table ; le portrait était exactement
où je l'avais laissé, rien ne me parut dé-
rangé..... Mais quelle certitude puis-je en
avoir ? Sais-je ce que je fis au moment
d'être surprise?..... Cependant je connais

mon mari ; s'il eût aperçu ce portrait, je ne l'aurais certainement plus retrouvé.....
Que de tourmens!..... Ah ! Julie, que n'ai-je suivi ton conseil !

Je craignais de revoir monsieur de Montalban, je descendis en tremblant, je l'approchai avec effroi. Il était calme, moins sombre, il me témoigna même quelques attentions et me demanda si le grand air m'avait fait du bien. Comme je n'avais fait que sortir et rentrer, j'aurais cru qu'il y avait de l'ironie dans cette question, si son air ouvert ne m'avait entièrement rassurée. J'ignore ce que je répondis, je ne sais pas assez me contraindre, et tout effort pour paraître heureuse, et tranquille me semble une trahison. Cet état ne peut durer. La crise approche...... puisse-t-elle ne frapper qu'une victime, et puisse cette victime n'être que moi !

Calme Alphonse. Repète-lui bien que

je veux qu'il vive; dis-lui qu'il s'éloigne
à l'instant; que je lui rends justice et
que je promets de le revoir lorsque le
temps, l'âge et l'éloignement auront ci-
catrisé les plaies de son cœur..... Ah !
veille sur lui si tu veux conserver ta malheureuse amie !

LETTRE XLVIII.

Montalban à Segarva.

CE ne sont plus les peines de l'incertitude que j'éprouve, ce sont les tourmens de la réalité. Tout est maintenant éclairci. Je tiens le fil de cette coupable intrigue, je suis en proie à la honte et à la fureur ! Ai-je donc vécu pour voir souiller ainsi le nom de Montalban, pour essuyer un aussi sanglant affront !..... Montalban est trahi par la femme qu'il adore .... par celle qu'il préféra, par celle qu'il combla de bienfaits ! Montalban est déshonoré.

J'entrai hier dans son cabinet. Mon arrivée parut lui causer quelque trouble.

Je la vis en entrant mêlant avec précipitation quelques papiers sur sa table. Je dis-
simulai et je ne témoignai aucune inquiétude. Elle se plaignit d'une migraine,
elle sortit sous le prétexte de prendre
l'air, elle était très-émue et faisait tous
ses efforts pour cacher son émotion.

A peine fut-elle descendue que je me
jetai sur ses papiers. Je n'aperçus d'a-
bord que de la musique et des dessins;
mais que devins-je lorsqu'en les remuant
je découvris un portrait encore humide de
ses larmes. C'était celui d'un jeune
homme. Je restai frappé comme de la
foudre, et je ne pus douter de mon malheur, lorsqu'en le retournant je lus ces
vers de la main même de la perfide :

> D'Alphonse ce portrait flatteur
> Rappelle l'amant qui m'engage ;
> Mais son souvenir, son image
> Sont bien mieux gravés dans mon cœur.

Alphonse !....... Tu te souviens de ce

nom. Je ressentis dans tout mon être un bouleversement affreux. Tous les liens qui m'avaient uni jusque-là à cette femme coupable semblèrent tout à coup se briser avec violence. Je me sentis dépouillé de mes anciennes affections, et livré à de nouveaux sentimens, ceux de la fureur, de la vengeance et de la mort.

Mais son père ! son respectable père ! ..... Le cœur me saigne quand je songe à tout ce qu'il va souffrir. Je le connais, Segarva, il ne survivra pas au déshonneur de sa fille...... Mais est-ce à moi à m'apitoyer sur les souffrances des autres, quand les miennes sont inexprimables ! ..... Ah ! cette malheureuse aura causé la perte de tous ceux qui l'auront connue.

J'appelai Carnero. Je lui montrai le portrait et les vers, et son indignation égala la mienne. « Vous ai-je trompé, « s'écria-t-il, et avait-elle ses motifs

« pour me perdre dans votre esprit et
« pour me faire renvoyer en Espagne?
« — Oh! oui, lui répondis-je, humilié de
« ce qu'il avait vu mieux que moi, si je
« vous avais cru plus tôt, j'aurais peut-
« être évité l'éclat terrible qui se prépare
« ..... Il ne me reste plus qu'à me ven-
« ger..... Carnero, puis-je compter sur
« vous? — Disposez de moi, me répon-
« dit-il, jusqu'à la mort. — Eh bien!
« prenez avec vous les plans de recons-
« tructions de mon château de Norman-
« die, rendez-vous de suite chez mon-
« sieur d'Aubignie sous le prétexte de
« les lui communiquer et de lui deman-
« der son avis. Pendant qu'il sera occupé
« de cet examen, entraînez sous quelque
« autre prétexte Leblanc dans les jardins.
« Là parlez-lui vaguement d'Alphonse,
« de son retour, de ses liaisons avec
« Isaure : il doit en savoir quelque chose,
« car c'est bien certainement chez mon-

« sieur d'Aubignie que j'ai entendu pro-
« noncer ce nom. Ce bon homme jase
« facilement, il vous dira tout ce qu'il
« sait, et vous reviendrez de suite m'en
« faire part. »

Il fit seller le meilleur de mes chevaux,
et partit au galop. A l'instant où il s'éloignait, je vis rentrer la coupable. J'allais
au-devant d'elle ; mais je la vis franchir
avec rapidité un escalier dérobé qui conduit chez elle ; elle allait sans doute mettre
en sûreté ce portrait, que la crainte d'être
surprise lui avait fait abandonner à la
hâte.

Elle vint me rejoindre avec un calme
affecté...... Si jeune encore, être déjà aussi
dissimulée, aussi corrompue !..... Ah ! à
la vertu de quelle femme croira-t-on maintenant ! Je me contins, je me piquai de
rivaliser avec elle en dissimulation. Je
m'approchai de la perfide, je lui pris la
main, et lui demandai avec un air d'in-

6.

térêt comment elle se trouvait. Elle me
répondit avec une feinte reconnaissance
qu'elle se trouvait mieux ! Nous nous mî-
mes à table ; nous étions seuls. Elle eut
pour moi des attentions infinies , et , tout
en l'observant, je vous assure que je ne
fus pas en reste. Femme détestable ! on
nous eût pris, Segarva, pour deux amans...
Ah ! chaque marque d'intérêt qu'elle a la
perfidie de m'accorder comble la mesure de
ses torts, et doublera celle du châtiment !

C'est à moi à vous rappeler aujourd'hui
ce que vous m'avez représenté bien inutilement avant mon mariage, et ce qui alors
m'arma autant contre vous, ses refus, son
éloignement, ses hésitations..... Ah ! pourquoi ai-je eu l'aveuglement de ne pas vous
croire ! Pourquoi ai-je eu la faiblesse d'a-
cheter en quelque sorte son consentement?
Elle se vendit, Segarva, et je payai en dupe
les restes d'un autre ! Pouvais-je attendre
autre chose d'une telle femme , et ne de-

vais-je pas prévoir qu'elle se conduirait
comme toutes celles que l'on obtient avec
de l'or ? Voilà l'emploi extravagant que
je fis de ma fortune , et voilà comme
j'en suis récompensé.

Carnero revint le soir.....; il était au fait.
Leblanc lui avait appris que ce jeune
homme se nommait Alphonse de Moronval ; que le père , ami de monsieur d'Aubignie , était péri et fut ruiné pour la cause
des protestans ; que celui-ci recueillit l'or-
phelin et l'éleva près de lui. Leblanc ajouta
que d'Aubignie , ruiné à son tour , envoya
ce jeune homme à la Martinique près
d'un oncle très-riche , qui mourut tout à
coup en lui laissant tous ses biens ; que
cet Alphonse venait d'arriver à Paris ;
qu'Isaure et lui s'aimaient passionnément;
qu'ils avaient été destinés l'un à l'autre ;
enfin qu'ils avaient eu la même nourrice,
celle à qui, par considération pour madame
de Montalban , j'ai donné chez moi un

asile, et pour qui j'ai eu la bonté de faire construire une chaumière dans mon parc.

Je ne doutai pas que cette femme ne pût nous en apprendre davantage, et je lui envoyai Carnero, qui obtint le succès le plus complet. La vieille a tout dévoilé. Dès qu'il lui eut annoncé le retour d'Alphonse à Paris avec une fortune immense : — « Dieu soit loué, s'écria-t-elle, puis- « qu'il a béni mon cher Alphonse. Je « l'embrasserai donc encore, je le verrai « donc encore avant de mourir ! Quel bien « vous me faites, monsieur Carnero, en « m'apprenant cette nouvelle. Combien je « vous suis obligée de la peine que vous « prenez ! Que madame sera contente de « le revoir ; car imaginez-vous qu'Al- « phonse est le plus beau jeune homme, « le mieux fait, et le plus aimable qu'on « ait jamais vu. Combien de fois madame et « lui sont venus s'asseoir sous ma treille, « et s'y rafraîchir avec ma crème et mes

« fruits ! Combien de fois , monsieur Car-
« nero, traversant le parc de Belleville au
« clair de lune après souper , ils sont venus
« me surprendre tandis que je faisais ma
« prière et que je me préparais à aller me
« coucher ! Ensuite comme ils parcouraient
« mon jardin , comme ils se jouaient , se
« cachaient, se cherchaient, se trouvaient :
« c'était alors des cris de joie à faire reten-
« tir le parc , c'était des espiégleries à ne
« pas finir. Et puis , si vous aviez vu ces
« chers enfans cueillir et manger mes
« grappes de raisin , grain à grain , et se
« les mettre tour-à-tour dans la bouche !
« On eût dit des tourterelles qui se don-
« naient la becquée ! Que la volonté du
« ciel soit faite ! J'ai toujours dit que le bon
« Dieu finirait par bénir monsieur Al-
« phonse ; je l'ai bien prié pour cela , et il
« m'a exaucée. Cependant tout n'a pas tour-
« né comme je l'espérais. Vous êtes un
« brave et honnête homme , monsieur

« Carnero, vous ne répéterez jamais ce que
« je vais vous dire; mais il fut un temps où je
« crus que madame ne porterait jamais un
« autre nom que celui de Moronval. Elle l'a
« su marié, ce qui m'a bien surprise, et mon-
« sieur le comte a tant fait pour le père de
« madame, qu'elle se crut obligée de l'é-
« pouser. Il n'est pas nécessaire, voyez-
« vous, de parler de cela. Ce qui est fait
« est fait ; et puisque madame n'a pas pu
« épouser celui qu'elle aimait tant, j'aime
« encore mieux qu'elle ait épousé monsieur
« de Montalban que tout autre. Il la rend
« si heureuse ! Tenez, si je n'aimais pas
« monsieur le comte pour le bien qu'il
« m'a fait, je l'aimerais pour celui qu'il a
« fait à madame. Je suis sûre que mon-
« sieur de Montalban sera enchanté d'Al-
« phonse, et qu'il voudra l'avoir souvent
« au château. J'espère, monsieur Carnero,
« que vous n'êtes pas un rapporteur , et
« que vous n'irez pas redire tout cela; car,

« voyez-vous, madame la comtesse m'a
« recommandé dernièrement de ne jamais
« parler de monsieur Alphonse à qui que
« ce soit, et, pour tout au monde, je ne
« voudrais pas en ouvrir la bouche à tout
« autre qu'à vous ; mais vous m'en avez
« parlé le premier, et je suis si aise, que
« je ne me tiens pas de joie, et que, si je
« voulais la cacher, j'étoufferais de plaisir.»

Voilà mot à mot le récit que fit cette
nourrice à Carnero. Elle sert ma vengeance, elle aiguise sans le savoir le poignard qui doit percer ses nourissons. Elle
ignore que c'est sur son témoignage qu'ils
sont condamnés. Mais ce n'est pas sur ce
seul témoignage que mon bras va s'armer;
non, non, je n'agirai pas légèrement, je
ne me laisserai pas aveugler par la fureur;
la conviction sera complète. Je veux qu'ils
viennent l'un et l'autre se placer sous ma
main ; c'est dans les bras l'un de l'autre
qu'ils seront frappés, et il ne restera dans

l'esprit de personne aucun doute sur l'existence du crime.

Que ne dois-je pas à Carnero! Il est sensible à mon déshonneur, et son zèle et son activité seconderont ma vengeance. Si je succombe, s'il est obligé de fuir, je vous le recommande, c'est le dernier service que j'attends de vous.

LETTRE XLIX.

Julie à Isaure.

A l'instant où je reçus ta lettre je fis prévenir Alphonse que je l'attendais. Il ne tarda pas à venir, et déjà il m'avait fait demander plusieurs fois si j'avais reçu ta réponse.

Je lui en fis lecture. Il parut d'abord vivement touché de l'intérêt qu'il t'inspire, de la justice que tu lui rends et des chagrins que tu éprouves; mais lorsque j'en vins à l'endroit où tu déclares que tu ne le verras pas, que tu veux qu'il vive, ses traits s'altérèrent, son regard m'effraya, et je n'osai poursuivre. Cependant quand

il entendit que tu avais pleuré sur son
image, que tu demandais s'il avait conservé la tienne, il s'attendrit de nouveau,
tira ton portrait de son sein, et le couvrit
de larmes brûlantes.

J'espérais profiter de ces dispositions
pour obtenir de lui ce que tu désires; sa
sensibilité fortement excitée pouvait seule
le sauver du désespoir; mais bientôt, exas-
péré par le tableau des dangers qui te me-
nacent, affligé des peines que tu éprouves,
alarmé d'apprendre que M. de Montalban
est informé de son retour, et que tu avais
tout à craindre de sa jalousie, il se leva
avec un calme apparent : « Remerciez
« Isaure, me dit-il, de l'intérêt qu'elle
« veut bien me témoigner; assurez-la que
« ses bontés ont adouci mes infortunes;
« dites-lui que je ne l'exposerai à aucun
« désagrément, que je ne la sacrifierai
« pas. Je sais ce qu'il me reste à faire pour
« éviter de nouveaux malheurs, et je vais

« de suite m'en occuper. J'espérais qu'elle
« aurait bien voulu consentir à me revoir
« une dernière fois;.... je vois qu'il n'y
« faut plus penser. Adieu, mademoiselle.
« Pardonnez l'embarras que je vous ai
« causé,.... ce sera le dernier.... Adieu. »
Et il partit.

Seule, je méditais sur ce départ ; je
m'alarmais et me rassurais tour à tour.
Je craignais que ton refus ne le portât à
quelque fâcheuse extrémité. Il avait précédemment annoncé que ce refus lui coûterait la vie, et j'en craignais le résultat;
mais l'attendrissement que lui avaient causé plusieurs passages de ta lettre, la consolation qu'il éprouva en se voyant encore
aimé, la prière que tu lui faisais qu'il
consentît à vivre, l'espoir que tu lui lais-
sais de le revoir un jour, le calme enfin
avec lequel il m'avait quittée, tout con-
tribuait à me rassurer et à me convaincre que, rendu à lui-même et à la

raison, il renonçait à l'entrevue qu'il avait si vivement sollicitée, et qu'il se résignait à s'éloigner pour toujours.

J'étais depuis qu'il m'avait quittée absorbée dans ces réflexions, lorsque j'en fus tirée par la brusque apparition de Prosper, son valet-de-chambre, qui lui est fort attaché, qui lui a sauvé la vie, et qui précédemment était venu chez moi, par ordre de son maître, pour s'informer si j'avais reçu ta réponse. Il se jeta à mes pieds, qu'il arrosa de ses larmes, en m'annonçant que cet infortuné jeune homme venait encore d'attenter à sa vie; que dans ce dessein il avait été écarté sous quelque prétexte; mais que, craignant, d'après quelques apparences alarmantes, que son maître, dont il avait déjà arrêté le bras, ne méditât quelque funeste projet, il avait feint de descendre, et qu'il était revenu sans bruit à la porte de l'appartement; qu'il avait aperçu son maître, à travers

l'entrée de la serrure, arrangeant l'amorce
d'un pistolet; qu'alors il était rentré et
s'était jeté sur lui pour le désarmer; que,
malgré sa force et son adresse, Alphonse
était parvenu à lâcher le coup, mais qu'il
ne s'était blessé que très-légèrement; que
des domestiques, qui étaient heureusement survenus au bruit, avaient aidé à
le maîtriser au moment qu'il cherchait à
se saisir d'un second pistolet qui était sur
la table; qu'on était parvenu avec beaucoup de peine à le lier; que sa raison paraissait totalement aliénée, et que son
désespoir était effrayant. Prosper ajouta
qu'il s'était empressé d'aller chercher un
médecin et de venir me prévenir de ce
triste événement.

Il me remit alors une lettre à mon
adresse qu'il avait trouvée sur le secrétaire
de son maître. Je l'ouvris; elle contenait
ce peu de mots : « Dites, je vous prie,
« mademoiselle, à madame de Montalban

« que je viens de lui obéir ;.... que j'ai
« reçu de sa volonté la mort comme un
« bienfait ;..... que j'ai dû me la donner
« pour assurer sa tranquillité, celle de
« son mari, pour prévenir de grands
« malheurs..... Dites-lui surtout que ma
« dernière pensée a été à elle, et mon
« dernier vœu pour qu'elle fût heureuse ! »

Le pauvre Prosper, après avoir ter-
miné ce récit douloureux, que son langage naïf rendait encore plus déchirant,
me conjura de sauver son maître en te
déterminant à le voir. Il m'assura que
cette condescendance de ta part pouvait
seule lui conserver la vie, et l'événement
actuel en offre une preuve. Revenue de
la frayeur que m'avait causée ce récit, je
ne pus m'empêcher de mêler quelques
larmes à celles que répandait le bon Prosper, et je le renvoyai un peu plus tranquille, en l'assurant que j'espérais obtenir
de toi cette entrevue, et en l'autorisant

même, si son maître revenait à la raison, à l'assurer que je ne doutais pas de ton consentement.

Ah! Isaure, il ne peut plus être maintenant question de tromper Alphonse, ni, s'il revient à lui, de lui donner de fausses espérances. C'est un homme perdu si tu persistes à ne pas le voir; et dans l'état où l'a réduit ton refus, peut-être ce consentement viendra-t-il trop tard. Je t'envoie cette lettre par un exprès qui la remettra secrètement à Ursule. Dieu veuille qu'il n'éprouve aucun obstacle, et qu'il parvienne jusqu'à elle sans être découvert. Mon amie, qu'il apporte surtout ta réponse.... Je n'ose te la dicter; mais je fais des vœux pour qu'elle soit favorable.

PENDANT qu'on était allé chercher l'exprès, Prosper est revenu m'apprendre

que le médecin qui quittait Alphonse l'a-
vait fait saigner, et que sa tête était parfaitement remise. Il ajouta qu'il avait pro-
fité de cette circonstance favorable pour
l'instruire des nouveaux efforts que j'allais faire afin de lui procurer une entrevue avec toi; que l'espoir de l'obtenir
avait non-seulement calmé son maître,
mais qu'en promettant de ne plus attenter à sa vie jusqu'à ta réponse, il lui avait
dit : « J'ai promis de vivre si elle consent
« à recevoir un dernier adieu, et je tien-
« drai parole. »

Prosper ajouta que, malgré cette promesse, Alphonse était gardé à vue; qu'on
ne le quittait pas, et que je pouvais être
parfaitement tranquille. Il me proposa
d'aller lui-même porter à franc-étrier ma
lettre à Ursule. Il m'assura que l'exprès ne
ferait pas autant de diligence que lui; qu'il
n'aurait pas le même zèle; que la crainte
d'être surpris pourrait l'intimider, le re-

tarder ou lui faire commettre quelque
maladresse dont les suites pourraient être
fatales ; que, quant à lui, il ne compro-
mettrait rien ; qu'il répondait du succès
d'une commission dont la réussite lui tenait autant à cœur, et qu'il ne tarderait
pas à être de retour.

L'attachement de ce pauvre garçon me
toucha jusqu'aux larmes, et il y a peu
d'exemples d'un semblable dévouement.
Je me décide d'autant pl   à le laisser partir, que, si tu pouvais balancer encore,
le langage touchant, les vives instances
de Prosper, de ce fidèle serviteur à qui
tu dois les jours d'Alphonse, te détermi-
neraient à te rendre à ses instances, et
que je suis certaine que tu ne pourras ré-
sister au tableau déchirant qu'il te fera de
la triste situation de son maître.

LETTRE L.

Montalban à Segarva.

Le dénoûment approche !..... Les coupables espèrent me tromper ; ils ne soupçonnent pas qu'ils obéissent à ma volonté ; et véritables automates , ils ignorent que c'est moi qui tiens le fil qui les dirige et les fait mouvoir.

J'étais convaincu , d'après les renseignemens que je me suis procurés sur cette abominable intrigue , et d'après le soin que prenait la femme-de-chambre de porter elle-même, tantôt sous un prétexte , tantôt sous un autre , cette criminelle correspondance au bureau de la poste , que tout était prêt, et qu'on n'attendait plus que l'occasion pour consommer le crime.

J'eus soin de préparer moi-même cette occasion, en annonçant que j'avais besoin à Paris, et que j'y passerais quelques jours. Sur cette déclaration, je démêlai dans les yeux de la perfide deux sentimens bien distincts : l'un d'inquiétude pour son amant, qu'elle craint que je n'aille trouver, depuis qu'à tout hasard, et lorsque je cherchais encore à m'instruire, je le lui ai nommé ; l'autre de joie, de la facilité que mon absence allait lui donner pour le voir sans obstacle. D'après le calme qui succéda bientôt à l'inquiétude, je ne doutais pas qu'elle ne prît des mesures pour, en remplissant un double but, l'approcher d'elle en l'éloignant de moi ; et je restai bien convaincu que l'époque où elle supposerait que je pourrais entrer à Paris serait celle où son amant en partirait pour venir ici par une route différente.

J'affectai donc à dessein de fixer le jour de mon départ, d'annoncer celui où j'arriverais à Paris ; et ces dispositions faites, il me restait à observer attentivement avec Carnero l'effet qu'elles allaient produire, afin de nous rendre maîtres des résultats.

Pour y parvenir plus promptement je me rendis le soir au bourg. Je demandai à voir en particulier le directeur du bureau de la poste. C'est un jeune homme à qui j'ai fait obtenir cette place à la sollicitation de sa famille, qui m'a encore d'autres obligations. — « Vous savez, monsieur, « lui dis-je, tout ce que j'ai fait pour vous « et les vôtres ; vous me devez quelque « reconnaissance, et je viens vous en de- « mander une preuve. Vous me connais- « sez, vous n'ignorez pas mes droits comme « époux. Madame de Montalbau entretient « avec une de ses amies une correspou- « dance que j'ai des raisons de rompre. « Elle envoie furtivement par sa femme-

« de-chambre ses lettres à votre bureau.

« J'exige que vous me les remettiez ; et
« vous le pouvez sans blesser vos devoirs.

« Je laisse à l'hôtellerie du bourg un de
« mes gens à qui vous les remettrez sous
« mon enveloppe, et que j'ai chargé de
« me les apporter. Voici l'adresse de cette
« amie, l'écriture de madame de Montal-
« ban, et l'empreinte du cachet dont elle
« se sert..... Au moyen de ces renseigne-
« mens vous reconnaîtrez facilement ces
« lettres, et vous n'avez à craindre aucune
« méprise. Je compte sur votre zèle et
« votre exactitude à m'obliger, et je vous
« recommande par-dessus tout la plus
« grande discrétion. »

Il me promit d'exécuter ponctuellement
ce que je désirais. Je revins au château,
et je suis certain que vingt-quatre heures
ne s'écouleront pas sans que je tienne
l'appel de la perfide à son amant.

MALGRÉ toute ma vigilance, Segarva, j'ai pensé être joué comme un enfant. Le ciel, qui favorise ma vengeance, a permis que les artifices de cette femme coupable aient été découverts. Écoutez et admirez les vues d'une providence équitable !

J'appris hier matin par Carnero qu'un nègre infirme avait pénétré dans les cours du château, et qu'il était venu jusque sur le perron du vestibule demander l'aumône. Son aspect excitait la pitié. Couvert de haillons, un morceau de bois grossièrement taillé, remplaçait une jambe ployée, comme s'il en avait perdu l'usage. Victime, disait-il, des mauvais traitemens d'un maître féroce, qui l'avait abandonné après l'avoir ainsi mutilé, il attendrissait par le récit de ses malheurs, il intéressait par les détails de ses voyages. Plusieurs de mes gens l'avaient secouru ; les femmes lui avaient donné du linge, des vêtemens ; et cependant, loin de s'en aller, il tenait rassemblées autour de lui toutes les personnes du château ; enfin on l'avait fait entrer dans les cuisines ; où on lui avait donné à boire et à manger, et malgré cela il restait encore.

La coupable était chez elle avec sa confidente, où elles complotaient mon déshonneur. J'avais inutilement sonné plusieurs fois. Carnero accourut, je me plaignis de la négligence de mes domestiques ; il sortit pour en connaître les motifs, et rencontra sur l'escalier l'intrigante femme-de-chambre, qui, alarmée sans doute, ainsi que sa maîtresse, par le bruit de la sonnette, venait voir ce qui l'avait causé. Elle apprend, ainsi que Carnero, des domestiques la cause qui les avaient détournés de leur service, et aussitôt la curiosité, ou plutôt un pressentiment de la vérité, l'engagea à descendre avec précipitation ; Carnero la suivit.

Lorsqu'elle fut près du nègre, les au-

tres femmes lui dirent qu'il était fâcheux
qu'elle fût descendue si tard, que ce
mendiant les avait beaucoup amusées par
le détail de ses aventures, et elles l'en-
gagèrent à lui faire aussi l'aumône; mais
à peine ce nègre l'eut-il reçue, qu'il lui
demanda avec empressement comment
elle s'appelait, en l'assurant qu'il avait
fait la même demande à tous ceux qui lui
avaient donné, parce qu'il éprouvait beaucoup de plaisir à remercier sous leurs
noms les personnes qui lui faisaient du
bien. Lui ayant répondu qu'elle se nommait Ursule, il parut très-ému et lui
dit qu'il aimait beaucoup ce nom, parce
que c'était celui d'une fille de son maître
qui avait souvent contribué à adoucir
les mauvais traitemens que son père lui
avait fait éprouver, et que, puisqu'elle
paraissait regretter de n'avoir pas entendu
ses aventures, il allait avec plaisir en
recommencer pour elle le récit.

Ceux qui les avaient entendues s'éloignèrent successivement; Ursule resta seule avec Carnero près de ce mendiant, qu'elle écoutait attentivement et avec plaisir. Cependant Carnero, qui avait déjà conçu des soupçons, se rappela qu'Alphonse de Moronval était revenu de la Martinique avec des domestiques de couleur; il remarqua que le langage et les manières de ce nègre n'étaient pas ceux d'un vagabond. Quelque chose de mystérieux qui semblait envelopper sa conduite, son air inquiet et préoccupé, la façon toute particulière dont il regardait Ursule et dont elle l'observait elle-même, augmentèrent ses soupçons, et il résolut de les éclaircir. Il affecta de ne pas s'occuper d'eux, d'être distrait et de regarder par la fenêtre, en observant cependant avec attention tous leurs mouvemens. Il aperçut bientôt le nègre glissant une lettre à Ursule, qui de suite lui dit qu'elle n'avait

8.

pas le loisir de l'écouter davantage, que
madame de Montalban l'attendait, mais
qu'elle l'engageait à ne pas s'éloigner,
parce que sa maîtresse serait certainement
bien aise de l'entendre. Elle recommanda
qu'on eût grand soin de lui; elle remonta
avec précipitation, et Carnero vint de
suite me rendre compte de tout ce qui venait de se passer.

Nous ne doutâmes plus que ce nègre
ne fût un émissaire déguisé. Carnero me
conseilla de faire en sorte qu'il ne partît
qu'à la nuit tombante, afin de pouvoir
l'attendre sur son passage à la sortie du
parc, l'y poignarder, lui enlever cette
réponse, et la faire parvenir par la poste,
après en avoir tiré copie.

Je consentis à tout, hors à la mort de
ce malheureux. J'observai qu'il suffisait
de lui enlever la lettre, de s'assurer de
lui, et de le tenir en lieu sûr jusqu'après
l'événement; mais je suis persuadé que

Carnero, emporté par son zèle, n'aurait pas balancé pour se débarrasser de toute inquiétude à lui ôter la vie, si le hasard n'en avait autrement disposé.

La perfide me fit dire qu'elle ne descendrait pas pour dîner parce qu'elle se trouvait indisposée. Il fallait bien avoir le temps de lire la lettre, d'en méditer le contenu, et d'y faire une réponse. Aussi cette indisposition ne l'empêcha pas, l'après-midi, de demander le nègre, et de le faire monter, sous prétexte de la distraire. Il resta assez long-temps chez elle, descendit avec Ursule, dit adieu à mes gens, et quitta le château au moment où la nuit approchait. Carnero était à son poste, et j'attendais impatiemment le résultat.

Tout à coup des cris perçans se font entendre à l'entrée du parc. On court, on se précipite vers l'endroit d'où ils partent ; on trouve le nègre terrassé par

deux chiens danois qu'on était dans l'u-
sage de lâcher au soir pour la sûreté du
château. On l'arrache avec beaucoup de
difficulté à leurs dents meurtrières ; il
était horriblement déchiré, et quelques
instans plus tard c'était fait de lui. Ursule
était la plus empressée à lui donner des
secours ; madame de Montalban oublia
son indisposition pour courir au parc ;
je joignis le groupe ; on rapporta ce malheureux, et je le vis malgré ses souffrances remettre très-distinctement un paquet
à la femme-de-chambre.

Il était évident que cet émissaire, convaincu que ses blessures l'empêcheraient
d'exécuter sa commission, et de porter
cette réponse à son maître, s'était décidé
à la rendre à Ursule, afin qu'elle la fît
de suite parvenir par une autre voie.

Carnero, qui s'était inutilement embusqué, et qui était accouru au bruit,
fut de mon avis. Il surveilla Ursule, et

bientôt il lui vit prendre à la hâte le chemin qui conduit au bourg. Il la suivit, et s'assura qu'elle avait effectivement mis le paquet à la poste. Il aperçut peu après le directeur qui se rendait à l'hôtellerie, et il ne douta pas que ce ne fût pour remettre cette réponse à mon domestique. Il le devança pour venir m'annoncer ce qu'il avait vu, et m'assura que je ne tarderais pas à avoir entre les mains cette preuve incontestable de l'infidélité de mon épouse.

Elle me fut remise en effet un moment après; et quoique certain à l'avance de ce que j'allais lire, j'ouvris en tremblant ce fatal paquet. J'y trouvai une lettre de la perfide à mon odieux rival, insérée dans une autre à son amie. Je me pressai de les transcrire, je refermai le paquet avec précaution, et je l'envoyai sur-le-champ à la poste.

Voici, Segarva, la lettre qu'elle écrit à
cette amie :

« Pourquoi, cruelle Julie, donnas-tu
« connaissance à Alphonse de toute ma
« lettre. Je rends justice à ton motif; mais
« convenait-il de l'instruire de ma faiblesse,
« du vif intérêt que je lui porte, de mes
« regrets de l'avoir perdu , des larmes
« que cette séparation me coûta ! Ne de-
« vais-tu pas craindre que, si j'étais en-
« fin réduite à le voir, il ne se crût auto-
« risé, connaissant l'état de mon cœur,
« à jeter dans cette entrevue une chaleur,
« à donner cours à une sensibilité que
« j'aurais de la peine à combattre, et qui
« aurait pu m'entraîner à oublier ce que
« je suis et ce que je me dois à moi-même!
« Ne devais-tu pas sentir que c'était nous
« dépouiller l'un et l'autre de la fermeté
« dont nous avons besoin pour soutenir
« une pareille entrevue ! Tu as voulu lui

« offrir des consolations, tu t'es flattée
« qu'il s'éloignerait tranquillement; tu
« t'es trompée! Peut-être serait-il parti
« avec résignation si tu t'étais bornée à
« lui dire que je le voulais, que j'exi-
« geais qu'il vécût. Ton zèle inconsidéré
« lui a exagéré l'étendue de sa perte, a
« augmenté ses regrets et l'a porté au
« désespoir.

« J'ai frémi de la nouvelle tentative
« qu'il vient de faire pour se détruire.
« Malheureux jeune homme! Oh! oui, il
« a perdu la raison. Dieu soit loué! Il
« vit encore, il a promis de vivre, si je
« consens à le revoir.... Je le connais,
« il tiendra parole.

« Il n'est plus possible en effet de le trom-
« per ou d'obtenir autrement son départ..
« Hélas! je sens que pour le sauver je
« dois consentir à sa demande, et.... j'y
« consens!....

« Dieu! Qu'ai-je dit!.... Mais il le

« faut, ne serait-ce que pour le mettre à
« l'abri du ressentiment de monsieur de
« Montalban, qui, je le crains, va chercher
« à le voir, dans un voyage qu'il est près
« de faire à Paris. Ce danger me déter-
« mine; car je ne serai parfaitement tran-
« quille que lorsque l'océan les aura sé-
« parés. J'ignore comment mon mari a
« pu le connaître, sous quels rapports il
« le connaît, ni quelles sont ses intentions
« à son égard. Je n'ose faire aucune ques-
« tion de peur de me trahir; et je ne con-
« nais pas de supplice égal à l'incertitude
« qui m'environne, aux inquiétudes que
« j'éprouve. Je tremble pour la vie de
« l'un ou de l'autre, et ma situation est
« vraiment au-dessus de mes forces.

« Dans cette crise affreuse, voici, mon
« amie, ce qui te reste à faire. Remets à
« Alphonse le billet inclus.... Dis-lui de
« ma part qu'il sorte de Paris à l'instant
« où ma lettre lui parviendra; qu'il fasse

« en sorte d'arriver au bourg par tout
« autre chemin que la route directe, et
« surtout qu'il n'y entre que le dimanche
« quand il fera nuit. Ursule l'attendra à
« l'hôtellerie, pour de là le conduire,
« dans l'obscurité, à la chaumière, où je
« me rendrai avec toi à neuf heures du
« soir.

« Fais-toi de suite amener ici par ton
« frère, car je suis décidée à ne voir Al-
« phonse qu'en ta présence. Apporte
« surtout toutes celles de mes lettres où
« il est question de cette fatale liaison;
« je veux les détruire moi-même, afin
« qu'il n'en reste que le souvenir. J'ai
« annoncé ta prochaine arrivée à mon-
« sieur de Montalban ; je lui ai dit que
« tu venais me tenir compagnie pendant
« son absence, et cela a paru lui faire
« plaisir...... Dieu ! qu'il m'en coûte de
« le tromper ainsi, surtout quand il me

« montre quelqu'intérêt ! Torturée entre
« la pitié et les remords, la pitié l'em-
« porte et je me sens entraînée à adoucir
« des peines dont je suis la cause inno-
« cente..... Viens, Julie, viens me prê-
« ter ton appui, soutenir mon courage ;
« viens..... ou je ne verrai pas Alphonse.

« Dis-lui que son pauvre Prosper, qui
« l'a bien fidèlement servi, a été cruelle-
« ment blessé, en s'en retournant le soir,
« par les chiens du château ; qu'il est
« hors de danger, mais qu'horriblement
« déchiré, cet accident l'a empêché de
« retourner à Paris, et m'a contrainte de
« faire mettre ce paquet à la poste ; en-
« fin dis-lui que ce zélé serviteur mérite
« ses bontés, et que j'hésiterais peut-être
« encore, s'il ne m'avait vaincue par le
« tableau touchant qu'il me fit des souf-
« frances de son maître. Il me demanda
« à genoux la vie d'Alphonse, cette vie
« dont la mienne dépend..... Ah! il a

« bien fallu me rendre ! Adieu... je
« t'attends. »

Voici maintenant, Segarva, le billet
qu'elle adresse à son amant.

« Vous l'exigez, Alphonse, vous pro-
« mettez de vivre si je consens à vous re-
« voir ; vous renouvelez cette promesse,
« vous y serez fidèle...... Eh bien ! à ce
« prix je vous verrai, je recevrai vos
« adieux !

« Il eût été bien plus généreux de m'é-
« pargner cette pénible entrevue. Guidée
« par mes devoirs, j'ai fait ce que j'ai pu
« pour l'éviter ; l'horrible alternative où
« vous me placez ne me laisse plus la
« liberté du choix...... Je suis à votre
« merci, mais il en est temps encore, et
« vous pouvez, en vous éloignant de
« suite, acquérir des droits à mon éter-
« nelle reconnaissance.

« Si vous persistez malgré ma prière

« dans votre résolution, si enfin vous ne
« voulez vivre qu'à ce prix..... venez.....
« mon amie vous dira ce que vous avez
« à faire ; je vous prie instamment de
« vous y conformer, et surtout de sortir
« de Paris au reçu de cette lettre.

« Alphonse, rappelez-vous dans cette
« entrevue que je suis l'épouse de mon-
« sieur de Montalban. Gardez-vous de
« me donner aucun sujet de me repentir
« de ma faiblesse. Pénétrez-vous bien des
« bontés que mon mari a eues pour mon
« père et pour moi, et songez que vous
« ne pourriez affaiblir la reconnaissance
« dans mon cœur sans me rendre la plus
« méprisable et la plus malheureuse des
« femmes.

« Inspirez-moi vous-même de la fer-
« meté, si j'en pouvais manquer un ins-
« tant. Soyez alors mon appui, devenez
« avec moi le gardien le plus sévère de
« l'honneur de mon époux. N'oubliez

« pas que tout ce qui y porterait atteinte
« me flétrirait à vos yeux et aux miens,
« et lorsque je dois renoncer à votre
« amour, que j'aie au moins la conso-
« lation d'emporter votre estime.

« Oubliez en me voyant Isaure d'Au-
« bignie, oubliez notre ancienne intimité,
« les jours heureux de notre enfance, ne
« voyez en moi que madame de Montal-
« ban, et puisque je ne peux vous accor-
« der que mon amitié, tâchez au moins
« de vous en rendre digne.

« Souvenez-vous surtout que vous m'a-
« vez promis de vivre. Rappelez-vous que
« vous m'avez dit souvent que la reli-
« gion défendait à un homme d'attenter
« à ses jours, et que s'il y a de la lâcheté
« à s'ôter la vie, il y a au contraire du
« courage à savoir supporter les traverses
« dont elle est semée. Vous démentiriez-
« vous? Seriez-vous moins courageux,
« moins vertueux que je ne vous ai con-

« nu jadis ? Oh ! non, et pour vous con-
« duire autrement il faudrait que vous
« eussiez perdu la raison.

« Que notre entrevue soit courte et so-
« lenne, et comportez-vous de manière
« à ce que le souvenir que j'en conser-
« verai ne soit pas empoisonné de re-
« mords.

« Mais je vous connais ; je n'ai aucune
« appréhension, et j'irai sans crainte trou-
« ver Alphonse de Moronval, qui tou-
« jours marcha d'un pas ferme dans le
« sentier de la vertu, de la délicatesse et
« de l'honneur. »

Et j'ai pu lire ces lettres, Segarva, sans
aller sur-le-champ percer le cœur de la
perfide !...... Oui, je l'ai pu,.... j'ai pu
même la voir sans laisser paraître aucune
émotion, et l'espoir de venger mon déshonneur m'en a donné la force! Carnero
veut que je poignarde mon rival aux

yeux de l'infidèle, tandis qu'il l'immole-
ra, elle, sur le corps de son amant. Il
ne veut pas, dit-il, que je mette ma vengeance au hasard, il ne veut pas que je
m'expose à être leur victime et à les laisser jouir en paix du fruit de leur crime.
..... Qui! moi, voir répandre le sang
d'une femme!..... Qui! moi, moi, Montalban, agir comme un vil assasin!... Oh!
non, non, elle vivra pour pleurer son
crime..... Elle serait trop heureuse de
périr avec son complice, et j'aurai la générosité de me mesurer avec lui.... Sais-
je ce que je dis!... ce que je ferai!.... Se-
rai-je maître de ma fureur!..... Puis-je
prévoir tout ce qui accompagnera cet
horrible dénoûment! Si j'y survis, Segarva, vous ne tarderez pas à me revoir
en Espagne..... je fuierai ce théâtre de
ma honte, cette contrée fatale à mon
bonheur.

Relisez attentivement ces deux lettres.

Vous y remarquerez la plus détestable hypocrisie, le libertinage le plus raffiné. Voyez avec quelle adresse elle reproche à son amie d'avoir communiqué à son amant une lettre qu'elle a évidemment écrite dans cette intention, et qui, comme celle-ci et comme celle qu'elle lui adresse à lui-même, a pour but de le disposer à partager ses transports adultères; et voyez ensuite, lorsqu'elle les a provoqués jusqu'au délire, avec quelle dissimulation elle affecte de les craindre! elle feint d'être entraînée à cette entrevue par le seul désir de conserver la vie à un homme qui de son côté joue également son rôle. Remarquez surtout de quelle vertu, de quelle modestie elle se pare pour mieux assaisonner le crime!..... Et elle ose parler de moi, de ses devoirs! Quelle dérision! Elle ose rappeler mes bienfaits! Quelle noire ingratitude! Elle avoue qu'elle se met à sa merci; elle réclame l'appui de celui à qui elle se livre ; elle ne rougit pas de l'établir le gardien de mon honneur!!!..... Et c'est la main d'Isaure qui a tracé toutes ces horreurs ! ...... O rage!..... Ah! qu'il me tarde de voir arriver l'instant où je pourrai jeter enfin le masque dont elle m'a forcé de me couvrir !

J'ai eu le courage d'aller voir, il y a une heure, cette nourrice, dont la chaumière est l'endroit indiqué pour le rendez-vous. J'ai eu celui, afin de prendre une connaissance exacte du local, de souffrir pendant long-temps l'ennuyeux bavardage de cette vieille entremetteuse. J'ai examiné avec soin jusqu'aux alentours ; on ne me mettra pas aisément en défaut. Sous le prétexte de m'assurer si cette femme est commodément logée, j'ai visité tout l'intérieur, j'ai observé toutes les issues, j'ai pénétré jusqu'à un cabinet écarté, qui est à l'usage de l'infidèle, que j'ai trouvé bien

meublé , très-élégamment décoré. J'y ai
vu des dessins allégoriques de cet amour
criminel, des chiffres entrelacés et compo-
sés des initiales des noms des deux coupables , et auxquels il y a quelque temps
je n'aurais rien compris..... J'y ai remarqué une alcove !..... un lit de repos !.....
Ah ! je suis sorti de cet endroit avec une
violente palpitation ; j'ai pensé me trahir.
La vieille me dit que madame venait souvent se reposer dans ce cabinet, et qu'elle
y prenait bien du plaisir..... Oui, c'est là,
Segarva, qu'ils se verront..... C'est là qu'ils
comptent se prodiguer des preuves de
leur amour..... C'est là qu'ils se diront un
éternel adieu.

On arrive à cette chaumière de deux
côtés. Un chemin y conduit du château
en passant par le parc ; l'autre y mène en
venant par la grande route. C'est celui-ci
que prendra mon odieux rival ; la perfide
le joindra par l'autre, et son obligeante

amie la conduira au rendez-vous. Eh
bien ! elle y sera témoin du résultat de ses
soins officieux.

—————

Déja, Segarva, j'ai commencé à exer-
cer ma vengeance, en éveillant l'inquiétude de la coupable sur son amant, et en
lui laissant craindre des obstacles à leur
entrevue. J'ai retardé à dessein mon départ, et je ne puis vous peindre l'agitation
où ce retard l'a plongée. Vous l'apprécie-
rez peut-être quand je vous dirai qu'elle
a été jetée tellement hors de ses gardes,
qu'elle hasarda de me dire qu'il était con-
trariant pour elle de voir ce départ remis,
parce qu'étant parvenue à s'y résigner,
elle désirait me voir partir afin de jouir
plus tôt de mon retour.

Détestable hypocrisie, qui a déjà reçu
son châtiment; car je me plais chaque soir
à lui annoncer que je pars le lendemain,

et chaque matin à mon reveil je trouve un
nouveau prétexte pour remettre mon
voyage. Je jouis du tourment que mon
indécision lui cause ; chaque instant l'ac-
croît encore , et elle ne sait comment
cacher le tourment qu'elle endure. Il est
tel maintenant qu'elle ne voit plus le danger , qu'elle se livre à découvert , et que
je concevrais plus que des soupçons si
j'eusse pu rester jusqu'à ce jour dans la
plus profonde ignorance.

―――――

C'EST demain qu'elle attend sa complaisante amie. C'est à neuf heures du soir
qu'est fixé ce criminel rendez-vous. J'ai
prolongé ses inquiétudes jusqu'au dernier
moment ; car ce n'est que demain que je
veux feindre de partir , et elle ne croira
que je m'éloigne qu'à l'instant même où
je monterai à cheval. Elle ne prend presque
plus rien , elle ne dort plus , elle est hor-

riblement changée ; et pour peu que cette situation se prolongeât encore, elle ne tarderait pas à y succomber..... Mais cette mort serait trop douce ; je veux qu'elle ne succombe que sous le poids de la honte et des remords ; et je me contenterai jusque-là de torturer toutes les facultés de son âme.

Elle a osé me proposer d'emmener avec moi Carnero, dont la présence pourrait la gêner ; mais je le lui laisse. J'ai besoin qu'il reste au château pour me donner avis d'heure en heure de ce qui s'y passe ; et je lui ai répondu que je préférais qu'il restât, parce qu'il pourrait lui être utile en mon absence. J'aurai soin qu'il lui laisse la liberté de se rendre sur le lieu de la scène, et il viendra me joindre à l'heure convenue à l'extrémité du parc.

_____

Je termine cette lettre, Segarva, à l'hô-

tellerie du bourg. J'ai quitté de bonne
heure le château.... J'ai été maître de moi
jusqu'au dernier moment. Un calme pro-
fond, précurseur de la plus affreuse tem-
pête, a accompagné mon départ..... Ah!
la première fois qu'elle fixera ses yeux sur
les miens, ce sera pour voir tomber la
foudre.... Et elle a pu témoigner des regrets en me voyant partir! Elle a pu ver-
ser des larmes! Elle a pu embrasser l'é-
poux dont elle médite le déshonneur!
Femme détestable! Ah! le désir d'une
éclatante vengeance a pu seul me conte-
nir lorsque je sentis ta bouche perfide se
presser contre la mienne!... Ah! Segarva,
que ne vous ai-je cru! Que vous connais-
sez bien ce sexe trompeur, qui, sous les
apparences les plus captivantes, porte le
cœur le plus corrompu!

Cette hôtellerie est à moi; je suis sûr des
gens qui la tiennent; elle est la seule en cet
endroit, et mon heureux rival, dès qu'il

fera nuit, ne peut manquer d'y descendre.... Heureux !... lui ! oh ! non, non, il
ne le sera pas !.... Déguisé, caché dans un
appartement éloigné, je serai prévenu de
l'instant de son arrivée.... Je l'attends.

Adieu, Segarva. Si elle a souffert, si
elle va souffrir davantage, le tourment
qu'elle me fait éprouver est inexprimable.
La jalousie, la rage, le désespoir, sont
dans mon cœur. Ils le déchirent tour à
tour, et chaque minute, chaque seconde
qui s'écouleront jusqu'à l'instant fatal
vont y ajouter encore..... Ah! Isaure,
cruelle Isaure, toi, que j'ai tant aimée!
toi, que je croyais si pure!.... Ah! le so-
leil ne se lèvera pas sans que tu sois écra-
sée sous le poids de mon ressentiment.

Et cependant.... si au moment de mon
départ cette femme coupable fût tombée
à mes pieds; si, repentante, avouant son
crime, elle m'eût prié de lui pardonner...
Ah! je l'avoue à ma honte,.... oui, elle eût

encore obtenu son pardon.... Dieu! que
le temps est lent à passer !.... J'entends du
bruit..... Serait-ce..... Non, non, je suis
dans la plus affreuse solitude.... Que dis-
je? je suis environné de toutes les furies
de l'enfer.

Si j'existe encore demain,.... si je ne
suis pas devenu leur victime, j'ajouterai
à cette lettre..... Vous serez informé du
dénoûment de cette horrible tragédie.
Dans l'incertitude du résultat, recevez,
Segarva, mes derniers adieux,..... l'ex-
pression de ma reconnaissance pour l'attachement que vous m'avez toujours témoigné... N'oubliez jamais... J'entends...
Je ne me trompe pas.... Adieu, adieu.

LETTRE LI.

Alphonse au chevalier.

D'ARCY, je tiens une lettre de madame de Montalban.... Elle consent à me voir. A ce prix j'ai promis de vivre, de souffrir, de quitter la France; mais j'espère que la violence de mes chagrins abrégera mes souffrances.

Je pars pour l'aller trouver, pour lui parler une dernière fois. Une dernière fois!... Une chaumière, qu'elle a fait élever dans son parc pour notre bonne nourrice est le lieu désigné pour notre entrevue... Quels souvenirs elle me rappelle!... La chaumière de la bonne Lasune!.... Ah! ce n'est pas celle de Belleville!.... Combien les temps sont changés!.... Mais

10.

ce n'est plus Isaure d'Aubignie que je vais voir, c'est madame de Montalban, et je ne troublerai pas la paix de son cœur.

Ai-je donc vécu pour donner ce nom à Isaure?.... Est-ce bien celui qu'elle porte?.... Oh! oui, je ne l'oublierai pas; il me rappellera ce que je lui dois, ce que je dois à son mari... Non, non, l'extrême délicatesse de cette femme adorée n'aura rien à souffrir de celui qui sut se sacrifier pour elle.

En la quittant je romps tous les liens qui m'attachent à la vie..... Je ne tiens plus au monde que par toi.... Je vais te presser encore une fois dans mes bras; je m'embarque pour la Martinique, et là, pendant le peu de temps qui me reste encore à vivre, j'emploierai ma fortune à adoucir le sort d'une foule d'infortunés que les Européens ont eu la barbarie de classer hors de l'espèce humaine.

LETTRE LII.

Isaure à Julie.

Arrête-le, Julie, arrête-le.... Attends-le à l'hôtellerie.... Emmène-le,.... il en est temps encore.... Je ne le verrai pas;.... non, je ne puis le voir.... Je ne survivrai pas aux peines que j'endure,.... mais je veux mourir irréprochable.

Le retard que M. de Montalban a apporté à son départ, l'attente de cette terrible entrevue, les vives inquiétudes auxquelles je suis depuis long-temps en proie m'ont mise hors d'état de tenir parole.... Ma tête se perd,.... et je n'ai pas un seul appui,.... un seul guide!... Mais ma conscience est là, elle me dicte ce que je dois

faire.... Oh! rends un dernier service à ta
malheureuse amie;..... pour Dieu, épar-
gne-lui cette cruelle épreuve et d'éternels
remords.

Croirais-tu que cet infâme Carnero a
osé, après le départ de M. de Montalban,
s'introduire dans mon appartement, me
donner le choix entre mon déshonneur
et ma perte, et que j'ai été réduite à son-
ner Ursule? Le monstre s'est évadé en
proférant d'horribles menaces.... Ah! Julie, saurait-il quelque chose? Dieu! à
quelles extrémités suis-je réduite!.... à
quels affronts suis-je donc exposée!....
Viens,.... hâte-toi;.... ma situation est
affreuse. J'irai de suite avec toi me jeter
aux genoux de mon père, me mettre sous
sa protection, y attendre M. de Montalban, lui tout déclarer.... Viens, viens,
ou ton amie est à jamais perdue!.... Malheureux Alphonse!.... Que va-t-il devenir!.... Ah! c'est fait de lui!....

LETTRE LIII.

Carnero au comte.

PREMIER BILLET.

Ce matin, après votre départ, monsieur le comte, madame de Montalban s'est retirée dans son appartement avec Ursule, et je présume que le désir de s'entretenir avec elle du plaisir dont elle compte bientôt jouir, autant que l'envie de m'éviter, lui a fait prendre ce parti. J'avais essayé cependant obligeamment de lui tenir compagnie ; c'est une tentative que je me suis amusé à faire ; elle n'a pas réussi, et ma société, comme je m'y attendais, a été rejetée avec mépris.

Je suis aussi surpris que vous que mademoiselle Julie ne soit pas arrivée hier,
et je craindrais quelque nouvel arrange-
ment si je n'étais persuadé qu'aucune
lettre n'a été envoyée ni reçue par madame depuis les dernières que nous avons
interceptées. Son amie a pu ne vouloir
partir qu'avec son protégé ; elle aura jugé
indispensable de l'accompagner. Cette
femme connaît les usages, elle est vraiment au fait du rôle complaisant dont
elle s'est chargée, elle a de l'instruction,
et celui qui l'épousera n'aura rien à lui
apprendre. Mais elle ne peut tarder à paraître, et vous serez prévenu de l'instant
de son arrivée.

SECOND BILLET.

Pardonnez, monsieur le comte, si
j'ose de nouveau blâmer cette extrême

générosité qui veut faire dépendre votre vengeance des hasards d'une affaire d'honneur, et qui vous porte à vouloir vous mesurer avec un rival méprisable qui se couvre des ombres de la nuit pour vous faire éprouver le plus sanglant affront. Si vous succombez dans cette rencontre avec un spadassin qui, dit-on, fait métier de manier l'épée, non-seulement le crime reste impuni, mais vous assurez encore le bonheur des coupables. Souvenez-vous que le sang espagnol coule dans vos veines, rappelez-vous les usages de notre pays, qu'on y traite un ennemi comme on en est traité soi-même, et qu'on n'y commet pas l'imprudence d'agir aussi généreusement avec un vil suborneur..... Un poignard!.... voilà, malgré votre répugnance, l'arme qu'il convient d'employer avec l'un et avec l'autre. Je vous le répète, monsieur le comte, je me charge d'elle si vous voulez vous charger de lui.

TROISIÈME BILLET.

MADAME de Montalban vient, monsieur
le comte, d'envoyer quelqu'un au bourg
au-devant de son amie, pour lui remettre
une lettre à son passage. Je n'ai pu l'intercepter ni en savoir davantage, parce
que je n'ai été instruit de cette circonstance qu'après le départ de l'émissaire.
Peut-être saurai-je quelque chose lorsque
cette amie, qu'elle attend de moment en
moment, sera arrivée. S'il y avait quelque changement dans les arrangemens
pris, elles seront bien adroites si je ne
parviens à les pénétrer, et vous en serez
de suite informé.

QUATRIÈME BILLET.

MADAME vient d'ordonner, monsieur
le comte, de tenir ce soir les chiens atta-

chés, au lieu de les lâcher selon l'usage;
et cela, sous le prétexte qu'ils l'avaient
interrompue cette nuit, et qu'elle avait
besoin de repos. Il est évident, d'après
cette précaution, que le plan précédemment arrêté n'a subi aucun changement.

Si vous suiviez mon conseil, si vous
cédiez à l'indignation que sa perfidie doit
vous inspirer, elle *reposerait* cette nuit
pour ne *s'éveiller* jamais, elle s'endormi-
rait d'un sommeil éternel dans les bras
de son amant. Mais vous préférez devenir
la victime d'une femme adultère, et au
lieu de vous venger, vous allez peut-être
couronner son crime en succombant sous
la main de son complice. Je ne conçois
rien à cette délicatesse chevaleresque qui
vous porte à agir dans le sens de vos ad-
versaires, et je ne puis croire que vous
persistiez dans une semblable résolution;
aussi je compte porter avec moi deux
poignards, et j'espère que vous ne refu-

serez pas ces armes tutélaires et sûres, qui
ne confient rien au hasard et qui n'expo-
sent inconsidérément à aucun danger.
Vous me trouverez à l'heure indiquée à
l'entrée du parc.... Là vous déciderez si
votre heureux rival pourra se parer aux
yeux de son amante du mérite de l'avoir
rendue veuve, et s'applaudir dans ses bras
de l'avoir débarrassée de vous. Représen-
tez-vous leur joie, leur ivresse, leurs
transports; plus de crainte, plus d'obstacles; et ils iront peut-être dans leur délire insulter sur votre tombeau à la mémoire du plus débonnaire, du plus complaisant des maris.

CINQUIÈME BILLET.

Son amie, monsieur le comte, vient
d'arriver au moment de se mettre à table. Elle m'a paru, en descendant de voi-

ture, contrariée et très-mécontente. Ces
dames ont monté, se sont enfermées, et la
conférence a été assez longue, assez intéressante pour laisser refroidir le dîner. Je
m'aperçus lorsqu'elles descendirent qu'il
y avait eu entre elles un débat assez vif;
car madame de Montalban avait les yeux
rouges comme si elle avait pleuré. Elle
paraissait plus tranquille, et son amie plus
satisfaite. Je conjecture d'après cela que
l'une, afin de sauver les apparences et
pour rehausser le prix de ses faveurs,
avait témoigné quelques scrupules qu'elle
a permis à l'autre de vaincre, et qu'enfin l'entrevue aura lieu ainsi qu'il a d'a-
bord été convenu entre elles.

Pour en être plus certain, j'ai prétexté
pendant le dîner un mal de tête qui
pouvait m'obliger à remettre un voyage,
que j'avais annoncé devoir faire, le soir,
à la ville pour y consulter un célèbre ocu-
liste, sur l'ophtalmie dont je suis menacé.

J'ai vu de suite la plus vive inquiétude se peindre sur le visage de ces dames. Mademoiselle Julie m'assura fort obligeamment que le grand air me ferait du bien, et que l'ophtalmie était un mal très-sérieux qu'il fallait traiter à temps. Quelle humanité ! quelle profonde connaissance des maux qui nous affligent ! Je me suis épuisé en remercîmens, et je me suis enfin laissé persuader, mais non sans quelque peine, et sans m'être donné le loisir d'admirer toute la profondeur de leur scélératesse.

Mais que ferons-nous, monsieur le comte, de cette officieuse Julie ? Sortira-t-elle de cette aventure bagues sauves, et avec les honneurs de la guerre ? Il me semble que nous ne pouvons nous dispenser de la récompenser des services signalés qu'elle rend si obligeamment à votre épouse. Elle mérite bien de jouer un autre rôle que celui de complaisante auquel elle a généreusement consenti à se réduire, et je voudrais la voir en situation de n'avoir rien à reprocher à son amie.

SIXIÈME BILLET.

MADAME de Montalban vient en sortant de table, et accompagnée de son amie et d'Ursule, de se rendre au parc, sous le prétexte de s'y promener, mais au vrai, pour faire ses dispositions et reconnaître les lieux. Ces dames savent qu'en amour comme en guerre cette précaution est indispensable. J'ai quelquefois admiré avec dépit combien, avec le simple instinct dont la nature l'a pourvu, ce sexe trompeur sait balancer et même souvent mettre en défaut la théorie, et jusqu'à la pratique dont, en fait de galanterie, une longue expérience nous a pourvus ; mais vous leur avez laissé un

11.

adversaire en état de leur tenir tête, qu'on
ne trompe pas facilement, et qui saura
les prendre dans leurs propres filets.

SEPTIÈME BILLET.

Elles viennent de rentrer très-satis-
faites de leur course. Je sais qu'elles ne
se sont pas promenées, et qu'elles sont res-
tées toute là soirée chez la vieille Lasune.
Madame de Montalban est plus tranquille
et plus rassurée depuis que son amie est
avec elle. Il est aisé de voir que celle-ci
lui donne de la confiance et de l'aplomb.
Il est assez de règle, quand une femme
débute dans cette carrière, qu'une amie
qui a fait ses preuves vienne lui prêter
son appui, et l'aider à vaincre les difficultés de l'initiation, en attendant qu'elle
puisse prendre d'elle-même un vol plus
hardi.

Que penser, d'après cela, de mademoiselle Julie, que l'on va donner comme une Agnès à celui qu'elle épouse ! Il ne dépendra pas de moi qu'il ne soit pas pris pour dupe, et si, d'après ce qui se prépare, il est trompé, il ne pourra certainement s'en prendre qu'à lui-même.

En rentrant à la nuit madame de Montalban est montée avec son amie dans la bibliothèque, et s'y est mise à l'orgue. J'étais occupé dans mon appartement, qui touche à cette pièce, à aiguiser les poignards que je dois porter avec moi, et dont j'espère qu'avec un peu de réflexion vous ne refuserez pas l'usage. A travers une ancienne communication masquée par l'instrument, je lui ai entendu chanter, en s'accompagnant, ces couplets que j'ai copiés, pour vous mettre à même de juger de l'unique objet qui l'occupe.

*PREMIER AMOUR.

Premier amour cause bien doux plaisir ;
Mais las ! souvent il cause vive peine :
Jeunes amans, craignez premier soupir ;
Premier soupir pour toujours nous enchaine.
Ah ! puissiez-vous ne pas pleurer un jour
     Premier amour. *Bis.*

Premier amour, lorsqu'il est malheureux,
Souvent a fait répandre bien des larmes.
Pour des amans plus de ris, plus de jeux ;
Plaisirs et jeux ont perdu tous leurs charmes.
Ah ! faut mourir quand on perd sans retour
     Premier amour. *Bis.*

Premier amour a déchiré mon cœur,
L'a desséché par sa chaleur brûlante.
O douce mort ! pour calmer ma douleur,
Viens me frapper de ta faux bienfaisante ;
Ne puis qu'alors oublier à mon tour
     Premier amour. *Bis.*

---

* L'air et l'accompagnement de piano sont à la fin
de l'ouvrage.

Ici, monsieur le comte, le bruit que firent les poignards que j'aiguisais sur la pierre interrompit son chant. Elle prêta l'oreille ; mais n'entendant plus rien, elle chanta le dernier couplet.

> PREMIER amour ! si tu m'as fait souffrir,
> Si contre toi j'ai proféré des plaintes,
> Mon cœur toujours dit qu'il faut te chérir.
> Jeunes amans, ah ! bannissez vos craintes;
> Regretterez, même en perdant le jour,
>   Premier amour. *Bis.*

Elles descendirent. Mes armes étant en état, je les cachai sur moi ; je fus prendre congé d'elles, qui ne s'attendent pas à me revoir sitôt. Je m'éloignai au galop, et je laissai mon cheval au pavillon de chasse, où j'achève ce dernier billet. Je pars à pied pour aller vous attendre à l'endroit convenu. Si, par un reste de préjugés, il vous coûtait de poignarder votre rival, eh bien ! pour vous prouver mon dévoûment, et combien je ressens vivement votre injure, je me charge de grand cœur d'expédier l'un et l'autre, et de faire en sorte qu'en dépit de la chanson elle ne meure pas d'*amour*.

LETTRE LIV.

Julie à sa mère.

Je ne sais, ma bonne mère, s'il me sera possible de vous faire le détail des événemens étonnans qui viennent de se passer ici. Ils se sont tellement accumulés en peu d'instans, leur résultat était si inattendu, il fut précédé de circonstances si extraordinaires, que je crains que l'émotion que j'éprouve encore, à la suite des inquiétudes que m'a causées le spectacle dont je viens d'être témoin, ne m'ôte la faculté de vous en rendre bon compte.

Vous vous rappelez la situation malheureuse de mon amie, les peines de son cœur, puisque c'est près de vous que j'ai

puisé les conseils qu'elle me demandait,
et que l'amitié me faisait un devoir de
lui accorder.

Vous pensâtes que pour sauver Alphonse, que pour le déterminer à quitter
la France', et parvenir à rompre à jamais
une inclination qui avait eu des suites
aussi malheureuses, Isaure pouvait se
permettre de recevoir ses adieux, sauf à
instruire ensuite son père de ce qui venait de se passer et à l'engager à en prévenir lui-même monsieur de Montalban.

Vous savez combien j'eus de peine à
faire adopter à Isaure cet avis sage, qui
seul pouvait, en le suivant, prévenir de
bien grands malheurs. Je vis l'instant où
l'austérité de ses principes allait l'emporter sur toute autre considération, et où
son extrême délicatesse sur ses devoirs
allait tout perdre. Je lui arrachai avec
difficulté un consentement pénible, et je
partis pour venir soutenir son courage et

pour être présente à cette cruelle entrevue.

En arrivant au bourg j'y trouvai un
billet d'Isaure, qui révoquait le consentement que je lui avais arraché, et par
lequel elle me déclarait qu'elle ne voulait
pas voir Alphonse. Elle me conjurait de
l'attendre et de le renvoyer à Paris. Vivement alarmée d'une résolution qui per-
dait cet infortuné, et du danger auquel
elle m'écrivait qu'une entreprise contre
sa vertu de la part de cet infâme Carnero
l'avait exposée, je me hâtai d'arriver au
château, où je trouvai cette intéressante
amie dans un état bien digne de pitié.
Monsieur de Montalban n'était parti que
le jour même, et l'avait cruellement tour-
mentée par des remises continuelles, et
par la crainte fondée qu'il ne partît pas
encore aujourd'hui. Ce ne fut qu'avec
beaucoup de peine que je parvins à lui
remettre la tête, qui était pour ainsi dire

aliénée par suite des inquiétudes cruelles
qu'elle avait éprouvées depuis quelque
temps, et à la convaincre de la nécessité
de suivre le plan dont nous avions jugé
l'exécution indispensable. Elle pleura
beaucoup, ce qui la soulagea, la calma,
la rappela entièrement à elle ; je la ras-
surai contre les menaces que lui avait
faites ce Carnero, et il fut irrévocable-
ment arrêté qu'elle verrait Alphonse.

Je vis ensuite le pauvre Prosper, qui
va tellement bien qu'il a pu se traîner, il
y a deux jours, chez la bonne Lasune,
qu'il brûlait de connaître. Cette pauvre
femme, sachant qu'il avait sauvé la vie à
son Alphonse, l'avait comblé de caresses
et de remercîmens. Il était prévenu que
je devais arriver, et que son maître était
attendu le soir. Il me déclara qu'il était
décidé à veiller autour de la chaumière
tandis qu'Alphonse y serait avec Isaure,
qu'il s'en sentait non-seulement la force,

mais qu'il aurait encore le courage de le défendre et même s'il le fallait de mourir pour lui.

Nous avions tout à craindre de Carnéro, que monsieur de Montalban avait laissé ici pour lui servir d'espion, et qui, pour se venger d'avoir vu ses coupables espérances déçues, a tant contribué aux chagrins que le plus injuste des époux a fait éprouver à la plus digne des femmes. Une absence qu'il se proposait de faire le soir devait nous laisser absolument libres; il parut hésiter un instant, je le déterminai à partir; mais je tremblais que mes efforts pour l'éloigner ne le portassent au contraire à rester, à observer nos démarches et à s'attacher à nos pas.

Nous fûmes après le dîner chez la bonne Lasune. J'étais bien aise de voir sa chaumière et d'en examiner les alentours. Nous rentrâmes ensuite pour attendre l'heure à laquelle nous devions

nous rendre au parc. Mon amie pour se
distraire un peu se mit à l'orgue, mais
loin d'y parvenir, elle s'arrêta effrayée au
milieu d'une romance qu'elle accompa-
gnait. Je crus d'abord que l'attendrissement que lui causaient des couplets qui
avaient quelque rapport avec sa situation
lui avaient ôté la parole, lorsque je m'a-
perçus qu'elle était frappée de terreur.
Lui en ayant demandé la cause, elle me
répondit qu'elle avait cru entendre dans
l'appartement de Carnero le bruit d'un
fer qu'on aiguisait sur la pierre. Je l'as-
surai que je n'avais rien entendu, qu'elle
s'était certainement trompée, et je l'en-
gageai à quitter cet appartement et à descendre.

Vers neuf heures, et Carnero étant en
effet parti, je prévins Isaure que j'allais
d'abord me rendre seule à la chaumière
pour y recevoir Alphonse, pour le disposer à soutenir cette entrevue, et qu'en-

suite je viendrais la chercher. Elle ne répondit pas, tant elle était émue, et me fit seulement signe qu'elle approuvait ces dispositions.

Je traversai les jardins; j'y trouvai Prosper qui m'attendait, et qui m'annonça qu'il venait de voir entrer Alphonse dans la chaumière. Nous pénétrâmes ensemble dans le parc, où l'obscurité était si grande que j'avais peine à distinguer le sentier qui conduit chez la nourrice, et je laissai Prosper à peu de distance de sa demeure pour veiller aux approches et prévenir toute surprise.

En entrant je reconnus Alphonse. Il était assis dans le fauteuil de la bonne Lasune, et celle-ci, placée à ses pieds, sur une escabelle, pleurait de joie en les embrassant. Il tressaillit en me voyant, se leva avec vivacité, et jeta avec empressement les yeux vers la porte, croyant sans doute qu'Isaure me suivait. Ne l'aperce-

vant pas : « Où est-elle ? s'écria-t-il d'une
« voix altérée ; pourquoi madame de Mon-
« talban ne vous a-t-elle pas accompa-
« gnée ? — Elle ne tardera pas à venir, lui
« répondis-je ; elle a désiré que je vinsse
« m'assurer avant tout si vous étiez ar-
« rivé. — Ah! pouvait-elle douter de mon
« exactitude?—Elle a encore voulu, mon-
« sieur, que je vous rappelasse qu'elle est
« maintenant l'épouse d'un autre. — J'ai
« sa lettre, mademoiselle ; tout ce qu'elle
« contient est gravé là, et reconnaissant
« de la dernière marque de bonté qu'elle
« consent à m'accorder, je me garderai
« bien de lui donner aucun sujet de re-
« pentir. Ah! qu'elle vienne sans crainte
« jeter encore une fois les yeux sur un
« infortuné qui, fidèle à sa promesse,
« partira de suite pour aller au-delà des
« mers implorer le ciel de mettre un terme
« à ses souffrances! »

Il m'avait pris la main en me parlant,

et je sentais la sienne trembler d'une manière alarmante. Je le considérai avec attention. L'aspect déchirant de ce malheureux jeune homme me fit tant de mal,
que je fus obligée de faire un effort pour
imposer silence à mon cœur.

La bonne Lasune, effrayée de la violence de son émotion, courut chercher
du vin. Il refusait de le prendre. « Pre-
« nez, prenez, monsieur Alphonse, lui
« dit-elle, il vous fera du bien, c'est du
« vin d'Isaure. — Du vin d'Isaure; ah!
« donnez, donnez. » Et il prit le verre
avec empressement. « Oui, monsieur Al-
« phonse, ajouta la bonne femme, ma-
« dame la comtesse a la bonté de m'en
« envoyer de temps en temps; et lors-
« qu'elle vient ici, elle me gronde tou-
« jours de ce que je n'en fais pas assez
« usage. — Lorsqu'elle vient ici! y vient-
« elle souvent?— Bien souvent, monsieur
« Alphonse. Elle a tant de plaisir à cau-

« ser de vous ! elle craint toujours qu'il
« me manque quelque chose. — Ange de
« bonté ! — Elle y est encore venue cette
« après-dînée. — Cette après-dînée? —
« Oui, elle a ici un joli cabinet où elle
« vient lire et se délasser de la prome-
« nade. — Un cabinet ! le cabinet d'I-
« saure!... Ah ! où est-il? — Venez, mon-
« sieur Alphonse, je vais vous y con-
« duire. »

Je ne pus arrêter ce mouvement ra-
pide. Il suivit la nourrice, et je les accom-
pagnai. En pénétrant dans cet appartement il parut, si je puis m'exprimer ainsi,
saisi d'un respect religieux. Il portait avec
avidité ses regards d'un objet à l'autre.
La table était chargée de livres et de papiers; ses yeux dévoraient tout, sa main
touchait à tout, il couvrait tout de baisers
et de larmes. Mais lorsqu'il aperçut les
dessins de mon amie, lorsqu'il reconnut
que la plupart retraçaient les événemens

les plus intéressans qui avaient accompagné leur malheureux amour, lorsqu'il observa celui où il est représenté semant des fleurs sur sa plate-bande, celui où on le voyait s'éloigner en abandonnant son mouchoir; lorsqu'il remarqua surtout celui où, au milieu d'une campagne ornée des diverses productions de l'Amérique, il paraît, près d'un autel, s'unissant à une jeune créole entourée de femmes de couleur, et qu'il aperçut un Amour en pleurs éteignant son flambeau sur les marches de l'autel, il saisit ces dessins avec un transport presque frénétique : « Funeste erreur ! s'écria-t-il..... Comment « Isaure put-elle ajouter foi à ce ma- « riage !.... Elle m'aimait, et elle a pu en « épouser un autre !.... Mais que dis-je? « Ah ! oui, elle m'aimait !.... Elle est ir- « réprochable, et je lui pardonne. Made- « moiselle, elle pourrait me refuser ces « dessins, je craindrais de les lui deman-

« der, ... ah ! souffrez que je les em-
« porte ; ils feront ma consolation lors-
« que je serai pour jamais banni de ma
« patrie. »

Je n'eus pas le courage de m'opposer à
ce larcin ; il s'empara de ces dessins, et
les serra dans son portefeuille. Je m'ap-
plaudis d'être venue seule, puisque si
Isaure m'eût accompagnée, si elle eût été
témoin de cette scène attendrissante, sa
sensibilité l'eût peut-être entraînée hors
des bornes qu'elle craignait tant de franchir.

Je fis asseoir Alphonse et j'essayai de
le calmer. « Je vous dois beaucoup, ma-
« demoiselle, me dit-il, pour le der-
« nier moment de bonheur dont je vais
« jouir. C'est à vous que j'en ai l'obliga-
« tion, et vos bontés me seront toujours
« présentes. — Je suis persuadée, mon-
« sieur, que vous ne donnerez ni à ma-
« dame de Montalban ni à moi aucun

« sujet de repentir ; que vous partirez
« demain pour aller vous embarquer, et
« que vous éviterez surtout de passer par
« Paris. —Pourquoi donc, mademoiselle,
« puisque mes gens y sont encore ? —
« Parce que vous avez promis de suivre
« en tout les volontés de madame de Mon-
« talban, et qu'elle a de fortes raisons
« pour désirer que vous ne paraissiez plus
« dans la capitale. — Eh bien ! j'obéirai à
« madame de Montalban.... Mais je n'ai
« pas encore eu le bonheur de la voir ; ne
« pourrions-nous pas remettre jusqu'a-
« près cette entrevue des détails pénibles
« qui en empoisonnent la douceur ?....
« Ah! loin d'être exigeant, j'ose à peine,
« lorsque je me sacrifie à sa tranquillité,
« lui demander un souvenir.... Mais que
« parlé-je de sacrifices? En est-il pour
« celui qui a perdu tout ce qui l'attache
« à la vie? Madame de Montalban n'a pas
« songé qu'en me condamnant à vivre

« elle me condamne à une mort lente et
« douloureuse. — Ah ! vivez, monsieur.
« Madame de Montalban est persuadée
« que des jours heureux vous attendent
« encore, et elle adressera constamment
« ses vœux au ciel pour votre bonheur.
« — Elle fera, dites-vous, des vœux
« pour mon bonheur ?.... elle qui m'a
« rendu si complètement misérable ! —
« Homme injuste! gardez-vous de lui
« faire aucun reproche; rappelez-vous
« qu'elle est victime d'une erreur fatale
« qui, pour sauver son père, la jeta dans
« les bras d'un autre. Si elle vous pleura
« inconstant, jugez de ce qu'elle doit souf-
« frir en vous retrouvant fidèle. Si elle
« eut tort d'ajouter foi à votre mariage,
« ah! vous êtes bien vengé. Au nom du
« ciel, évitez surtout de lui faire un crime
« d'avoir été aussi cruellement trompée.
« — Qui? moi, moi, lui faire la moindre
« peine?.... Ah! Dieu m'est témoin que

« je n'ai voulu la revoir que pour invo-
« quer toutes ses bénédictions sur elle. »

Il se leva, traversa à grands pas l'appartement : — « Il paraît, continua-t-il
« avec amertume, que le comte de Mon-
« talban, incapable d'apprécier le mérite
« et les vertus d'une semblable épouse, la
« rend malheureuse par ses soupçons ja-
« loux..... Ah ! si je puis lui pardonner
« d'être son époux, je ne lui pardonne pas
« de méconnaître le prix du trésor qu'il
« possède ; et si je ne craignais de porter
« atteinte, par un éclat fâcheux, à la ré-
« putation de cette femme incomparable,
« il paierait cher les chagrins qu'il lui
« cause, et je ne partirais qu'après l'avoir
« vengée. — Alphonse, soyez généreux !
« Plaignez plutôt le comte de Montalban
« de s'être aperçu qu'il ne possède pas son
« cœur. Pardonnez-lui de l'avoir adorée ;
« vous savez s'il était possible de s'en dé-
« fendre. Songez qu'il n'est pas aimé ;

« souvenez-vous qu'il la sauva en sau-
« vant son père, et soyez assez juste pour
« convenir qu'il mérite au moins votre
« estime. — J'en conviens, mademoiselle.
« Le service éminent qu'il a rendu à Isaure
« me désarme, et lui seul a pu poser des
« bornes à mon ressentiment. Voici un
« paquet que je me proposais de remettre
« à madame de Montalban. Je crains qu'elle
« ne veuille pas l'accepter ; souffrez que
« je vous en rende dépositaire. Il contient
« mon testament, le don que je lui fais, à
« ma mort, de tous mes biens. — Elle m'en
« voudrait, monsieur, d'avoir reçu ce testa-
« ment. Gardez votre fortune, elle n'en a pas
« besoin, et la générosité de monsieur de
« Montalban ne lui a rien laissé à désirer.
« — Ma fortune, mademoiselle, lui appar-
« tient. N'est-ce pas pour elle que j'ai été
« la chercher au bout du monde, et n'est-
« ce pas en la poursuivant que j'ai perdu
« sa main ? Je ne puis oublier ce malheur

« qu'en la déposant aux pieds de celle pour
« qui seule j'ai désiré l'obtenir..... Prenez,
« prenez, car ce n'est qu'à cette condition
« que je consens à m'en servir, et si vous
« me refusez je l'abandonne. »

Je reçus ce testament pour éviter à mon
amie une offre et des sollicitations pénibles ; et je pensai qu'après le départ
d'Alphonse, elle resterait maîtresse de
n'en faire aucun usage.

« J'ai encore, mademoiselle, ajouta-t-il,
« un secret à vous confier jusqu'après
« mon départ. Je viens de racheter pour
« monsieur d'Aubignie, et en son nom,
« la terre de Belleville. Le contrat lui en
« sera remis quand j'aurai quitté la France,
« et il sera accompagné d'une lettre qui,
« j'espère, le réconciliera avec le don. —
« Je crains, monsieur, que, du caractère
« dont je le connais, il ne se trouve hu-
« milié de ce don. — Oh ! non, non, il se
« rendra, j'en suis certain, aux observa-

« tions contenues dans ma lettre. Ne m'a-
« t-il pas élevé? ne m'a-t-il pas tenu lieu
« de père? n'a-t-il pas pourvu à tous mes
« besoins? ne voulut-il pas, avant ses
« malheurs, m'enrichir en me donnant sa
« fille? Aurais-je hésité, moi, de tenir tout
« de sa générosité? pourquoi donc se trou-
« verait-il blessé que je voulusse m'acquit-
« ter envers lui? pourquoi rougirait-il de
« ma reconnaissance? ignore-t-il que les
« dons de l'amitié, que l'acquittement
« d'une dette aussi sacrée, honore tout à
« la fois et celui qui donne et celui qui
« accepte?..... Mais madame de Montal-
« ban ne vient pas !..... Manquerait-elle à
« sa parole? — Non, monsieur, elle m'at-
« tend, et je vais la chercher. — Hâtez-
« vous, je vous en conjure. Ah ! ne re-
« tranchez rien de quelques instants de
« bonheur dont il me reste encore à
« jouir..... Assurez-la que, quand je serai
« parti, elle n'entendra plus parler qu'une

« seule fois du malheureux Alphonse.....
« et qu'alors, si elle verse une larme sur
« sa mémoire, l'heureux Montalban n'en
« pourra prendre aucun ombrage. »

Trop attendrie, je me pressai de le
quitter et d'aller chercher Isaure, qui
devait s'inquiéter de ne pas me voir
revenir.

Je touchais à l'extrémité du parc, j'allais rentrer dans les jardins, lorsqu'en traversant un bosquet, dans lequel, par une bizarrerie inexplicable, monsieur de Montalban a fait élever un monument à la fidélité conjugale, mes pieds s'embarrassèrent; je trébuchai, et je fus saisie d'horreur en tombant sur le corps inanimé de la malheureuse Isaure. Je poussai un cri d'effroi qui fut entendu de Prosper. Il accourut, m'aida à la relever; elle respirait encore; mais à nos mains humides de son sang nous aperçûmes qu'elle était grièvement blessée. Nous la transportâ-

mes au château, sans savoir ce que nous
avions à craindre ou à espérer. A peine
fut-elle sur son lit, que nous vîmes qu'elle
avait la tête ouverte, qu'elle avait perdu
beaucoup de sang, et que si elle n'était
pas dans un état désespéré, elle était au
moins dans le plus grand danger. J'envoyai sur-le-champ chercher au bourg
un chirurgien qui avait quelque réputation ; je lui administrai de suite, moi-
même, tous les secours qui étaient en
mon pouvoir, et j'eus bientôt la satis-
faction de la voir revenir à elle et recouvrer la parole. Elle me fit signe de faire sortir ceux qui étaient dans son appartement,
et j'envoyai Prosper près de son maître,
avec recommandation de lui cacher la situation d'Isaure, de lui dire que quelqu'un était survenu, et que je ne tarderais pas à l'aller trouver.

Dès que nous fûmes seules, elle me dit
d'une voix affaiblie : « N'accuse per-

« sonne, mon amie, de l'état dans lequel
« je me trouve ; il est l'effet d'un pur ac-
« cident. Inquiète de ne pas te voir reve-
« nir, craignant quelque malheur, je
« m'étais décidée à t'aller joindre. En
« proie à la plus vive agitation, à peine
« étais-je en état de me guider. Je tra-
« verse en tremblant les jardins ; j'entre
« dans le bosquet où tu m'as trouvée ; je
« reconnais à travers l'obscurité ce mo-
« nument élevé à la fidélité conjugale. A
« la vue de ce marbre accusateur, ma
« conscience se reveille ; il me semble
« qu'une providence tutélaire me pré-
« sente ce monument pour me rappeler à
« mes sermens et à mes devoirs. Éperdue,
« je recule épouvantée, je rencontre une
« marche, je chancelle, je tombe ; ma tête
« porte sur la pierre, je m'évanouis, je
« crois mourir.... Ah ! Julie, tu viens de
« me rendre pour un instant à la vie. Je
« désire en profiter ; je ne veux pas mou-

« rir sans me réconcilier avec le ciel,
« sans faire à mon mari l'aveu de ma
« conduite. Comme il est absent, et que
« je ne vivrai plus à son retour, je veux
« prendre des mesures pour qu'il soit ins-
« truit de toutes les circonstances qui ont
« accompagné ce funeste amour. Cette
« confession tardive me soulagera d'un
« poids affreux, et je sens que je mourrai
« moins malheureuse.

« J'avais déjà préparé une lettre que
« mon père devait lui remettre après
« cette entrevue, pour l'informer de toute
« ce qui s'était passé entre Alphonse et
« moi. Je veux avant de mourir y ajouter
« encore. Envoie de suite chercher mon
« père. C'est sa main que je désire em-
« prunter. Il n'ignore aucune des parti-
« cularités de cette liaison malheureuse.
« Il pourra attester la vérité des aveux
« que je fais; mon mari ne pourra récu-
« ser un témoignage aussi respectable; et

« s'il n'a pas rendu justice à une épouse
« vivante, il la rendra au moins à sa mé-
« moire lorsqu'elle aura cessé d'exister.

« Mon amie, ma Julie, cours à la chau-
« mière, dis à Alphonse que je me suis
« blessée en allant le joindre. Cache-lui
« surtout l'état dangereux dans lequel je
« me trouve. Laisse-lui espérer que notre
« entrevue n'est que différée. Dis-lui de
« ma part qu'il retourne à Paris, qu'il y
« attende de mes nouvelles, que tu le pré-
« viendras du moment auquel il pourra
« revenir ; et lorsque je ne serai plus, tu
« lui remettras sa lettre, son portrait et
« son mouchoir. Veille surtout sur les
« jours de cet infortuné ; sauve-le de son
« désespoir ; rappelle-lui qu'il m'a donné
« sa parole de ne pas attenter à sa vie ;
« que je dois y compter, puisqu'un accident
« m'a seul empêchée de tenir la mienne,
« et que je meurs victime de mon exacti-
« tude à la remplir. »

J'avais à peine assuré Isaure, en pleurant, que ses dernières intentions seraient fidèlement remplies ; j'avais à peine donné des ordres pour qu'on allât de suite chercher monsieur d'Aubignie, lorsque j'entendis tout à coup un bruit extraordinaire, qui augmenta d'une manière alarmante. Bientôt les portes s'ouvrent avec violence ; je m'attendais à voir paraître Alphonse ; quelle fut ma frayeur et mon étonnement en voyant entrer monsieur de Montalban, hors de lui, et l'épée à la main.

Il s'élance jusqu'à nous avec la rapidité de l'éclair, et portant de tous côtés des yeux étincelans de fureur : — « Où « est, s'écria-t-il, le misérable qui ose « attenter à mon honneur !..... Où est sa vile « complice ! » Il jette les yeux vers le lit, il y aperçoit étendue sa femme pâle, défigurée, et couverte de sang. Frappé de ce spectacle inattendu, ses idées prennent aussitôt

un autre cours. « Dieu ! que s'est-il
« donc passé ! Qui l'a mise en cet état ! —
« Un accident, monsieur, lui répondis-
« je ; elle vient de se blesser dangereuse-
« ment..... Mais vous, monsieur, com-
« ment se fait-il que vous soyez ici ? — Je
« crois bien qu'on ne m'y attendait pas. Il
« est maintenant inutile de dissimuler. Je
« sais tout ; je sais que cette femme est la
« honte de son sexe, comme je sens que je
« suis le plus malheureux des époux !....
« Où est ce Moronval? Pourquoi, ajouta-
« t-il, en s'adressant à sa femme, le lieu
« du rendez-vous a-t-il été changé? Vous
« m'avez cru bien loin, lorsque j'attendais
« mon rival pour l'immoler à vos yeux....
« Mais il est ici..... je le trouverai..... il
« n'échappera pas à ma vengeance. —Au
« nom du ciel, monsieur, m'écriai-je,
« en me jetant à ses genoux, ayez pitié de
« madame de Montalban. Elle est expi-

« rante, et meurt innocente du crime
« dont vous l'accusez. — Elle est inno-
« cente, dites-vous !..... Oh ! non, non,
« je ne suis plus sa dupe. Je connais sa
« criminelle intrigue avec ce Moronval ;
« je sais qu'elle l'aimait lorsqu'elle m'é-
« pousa ; je sais qu'elle m'a indignement
« trompé ; je sais que cette soirée était
« destinée à couronner leur flamme adul-
« tère ; je sais enfin que vous, mademoi-
« selle, vous êtes leur complice, et que
« vous les aidiez dans leurs projets. Mais
« le ciel est juste, l'état dans lequel je la
« vois commence son châtiment, et ma
« vengeance saura l'accomplir. — Elle est
« innocente, vous dis-je, elle va vous le
« prouver..... Ah! monsieur, elle n'expi-
« rera pas sans que vous lui ayez rendu
« justice. »

Il parut ébranlé. Isaure lui fit signe
d'approcher ; il s'y prêta avec répugnance.

Elle me pria de lui apporter une cassette qui contenait sa correspondance ; je la lui ouvris et la plaçai devant elle.

« Calmez-vous , monsieur , dit-elle à « son mari en faisant un effort ; calmez-« vous et écoutez-moi. Si, à certains égards, « je puis n'être pas entièrement à l'abri « des reproches , au moins n'ai-je pas à « me faire celui d'avoir manqué à l'hon-« neur , à mes devoirs ; mon cœur est pur, « et en voici la preuve.

« Je ne vous entretiendrai pas de ce qui « a rapport à mon ancienne liaison avec « monsieur de Moronval ; vous paraissez « instruit, et vous savez sans doute que « dès notre enfance cette liaison fut auto-« risée par nos parens , et que les malheurs « qu'ils éprouvèrent s'opposèrent seuls à « ce que nous fussions unis. Lorsque je « vous épousai, je ne vous trompai pas. « Une fatale erreur me donna lieu de croire « Alphonse marié et infidèle ; et quoique

« privée de tout espoir, je pleurais encore
« son inconstance lorsque la reconnais-
« sance et la piété filiale me jetèrent dans
« vos bras. Je me flattai que vos qualités
« estimables me dédommageraient, me
« consoleraient d'un amour malheureux.
« J'étais pénétrée, en montant à l'autel,
« d'estime et d'admiration pour vous ; mais
« vous le savez encore, je n'y apportai
« pas d'amour. Cependant vous pouviez
« être le plus heureux des époux. Il ne
« fallait pour y parvenir qu'être juste ; car
« je voulais vous consacrer ma vie ; je
« voulais l'employer à rendre la vôtre heu-
« reuse ; je doutais qu'il me fût possible
« de m'acquitter jamais de tout ce que
« vous aviez fait pour mon père.

« Vos vertus et mes devoirs avaient en
« quelque sorte imposé silence à mon
« cœur. J'étais disposée en vous épousant
« à vous faire l'aveu pénible des sentimens
« que m'avait inspirés Alphonse; mon père

« m'en détourna. Il avait, dit-il, remar-
« qué dans votre caractère une disposition
« à la jalousie, qu'il craignait de provo-
« quer, et quoique cette liaison, jadis au-
« torisée par nos parens, fût alors rompue
« sans retour, il crut prudent de ne pas vous
« en entretenir et et il m'engagea à vous la
« taire. Je l'attends, monsieur, il va pa-
« raître; il vous confirmera cette déclara-
« tion, et vous savez s'il mérite croyance.

« Le malheureux Alphonse revint.
« L'erreur fatale dans laquelle j'avais été
« entraînée se dissipa. Il avait été fidèle,
« et loin de s'être marié il venait mettre à
« mes pieds une fortune immense qu'il
« avait été acquérir dans l'unique espoir
« d'obtenir ma main. Il me trouva votre
« épouse, et le désespoir le porta à attenter
« à ses jours. Je désirais le sauver ; je le
« devais puisque j'étais la cause innocente
« de son désespoir. Il promit de vivre et
« même de quitter la France, si je voulais

« consentir à recevoir un dernier adieu. On
« me conseilla de le voir, de me prêter à
« cette entrevue pour lui conserver la vie.
« La respectable mère de mon amie pensa
« que je ne pouvais m'y refuser, et Julie vint
« pour être présente à ses adieux. Mon
« père devait aujourd'hui même en être
« prévenu ; il était chargé par moi de vous
« instruire de la démarche que j'avais cru
« pouvoir me permettre ; il devait vous
« remettre une lettre qui contenait ces
« aveux que votre sévérité a repoussés,
« lorsque dernièrement encore je m'étais
« décidée à vous les faire, et cette lettre im-
« plorait votre indulgence et vos bontés...
« La voici, ainsi que celles de mon amie
« et les miennes ; parcourez-les, elles vous
« offriront la preuve de ce que j'avance,
« et il ne peut maintenant vous rester aucun
« doute sur ma sincérité et sur mon inno-
« cence. Ah ! monsieur, ce n'est pas en
« mourant que je voudrais vous tromper ;

« et le juge suprême devant lequel je vais
« paraître sait que, comme épouse, je
« n'ai aucun reproche à me faire.

« Si, entraînée par une passion crimi-
« nelle, j'avais pu m'oublier au point de
« manquer à mes devoirs, ce n'est que
« par un aveu sincère que je pourrais
« expier ma faute et en mériter le par-
« don. C'est ce qui m'oblige, monsieur,
« à avouer un mensonge, dont le résul-
« tat a été bien funeste. J'avais, du con-
« sentement de mes parens, reçu le por-
« trait d'Alphonse. Après son départ, et
« dans la crainte qu'on ne me l'ôtât, j'o-
« sai, malgré le conseil de ma prudente
« amie, le garder après vous avoir épou-
« sé ; mais vous verrez, monsieur, par
« la lettre que vous tenez, que mon père en
« vous la remettant devait y joindre ce por-
« trait, et que je vous en faisais le sacrifice.

« Ah ! je porte la peine de ce men-
« songe, j'ai payé bien cher la faiblesse

14.

« que j'eus de garder cette ressemblance,
« puisqu'elle a contribué à entretenir des
« sentimens que je devais m'attacher à
« arracher de mon cœur. Voilà mon
« seul tort à votre égard, pardonnez-le-
« moi,..... ah! dites que vous me par-
« donnez, et je mourrai moins malheu-
« reuse.

« Fatal portrait! s'écria monsieur de
« Montalban, qui jusque-là avait eu les
« yeux fixés avec étonnement sur les let-
« tres qu'il tenait, fatal portrait! Ah!
« je savais qu'il était dans vos mains, et
« c'est lui qui est la cause de nos mal-
« heurs...... C'est Carnero...... — Ah!
« monsieur, lui dis-je, mon amie est
« victime du ressentiment de ce scélérat,
« qui a osé élever jusqu'à elle de coupa-
« bles désirs, qui ne lui a jamais pardonné
« de les avoir réprimés et d'avoir cher-
« ché à le démasquer à vos yeux. — Oh!
« oui, c'est lui qui m'arma contre la plus

« estimable des femmes ; je ne vois que
« trop maintenant la profondeur de l'a-
« bîme où ses perfides conseils m'ont
« plongé, et l'acharnement avec lequel
« il excitait ma vengeance aurait dû, si
« j'avais été moins prévenu, m'éclairer
« sur sa scélératesse..... Il ne peut me
« rester aucun doute sur l'innocence de
« cette victime.... La vérité me foudroie
« ...... ces lettres, ces déclarations solen-
« nelles d'une femme expirante.... Infor-
« tunée Isaure !..... Ah ! vous n'avez pas
« de pardon à demander. C'est moi qui
« implore le vôtre, c'est moi qui vous
« supplie de me pardonner de vous avoir
« aussi mal jugée, de vous avoir aussi
« cruellement traitée.... Dieu ! dans quel
« état la voilà !..... Mademoiselle, avez-
« vous envoyé chercher du secours ? —
« J'attends, monsieur, le chirurgien du
« bourg, j'attends monsieur d'Aubignie.
« — Où est monsieur de Moronval ? s'é-

« cria-t-il avec inquiétude. — A la chau-
« mière, lui répondit Isaure, s'il ne l'a
« pas encore quittée. — A la chaumière!
« Je ne l'y croyais pas entré..... Ah! il y
« est sous le poignard de l'assassin! Ma-
« demoiselle, soignez madame de Mon-
« talban, je cours le sauver s'il en est
« temps encore. »

Il sortit avec précipitation et nous laissa aussi étonnées de sa grandeur d'âme
qu'alarmées sur le compte d'Alphonse.
Nous restâmes livrées aux plus cruelles
inquiétudes. Isaure, tremblante pour les
jours d'Alphonse, ne put les supporter.
Elle éprouva un évanouissement dont on
eut beaucoup de peine à la faire revenir;
le chirurgien, qui heureusement venait
d'arriver, la rappela à la vie, visita sa
blessure, et nous causa une joie inexprimable en nous assurant que quoiqu'il y
eût fracture, il était cependant persuadé
qu'elle n'était pas mortelle.

Le temps s'écoulait, M. de Montalban ne revenait pas ; nous ne savions à
quoi attribuer ce retard, et l'agitation
d'Isaure devint telle, qu'elle voulait absolument qu'on la portât à la chaumière
pour y prévenir de nouveaux malheurs.
Nous envoyons Ursule à la découverte.

Bientôt nous entendons une foule de
monde qui pénètre dans le château. Le
bruit augmente, il approche ; nous nous
regardons en silence ; nous n'osons nous
communiquer nos craintes. On monte, on
s'avance, la foule suit en désordre ; on
distinguait même la voix de Prosper ;
nous ne savions à quoi attribuer un semblable tumulte, nous étions tremblantes
et muettes. Parvenue au haut de l'escalier,
cette foule paraît se diriger vers les appar-
temens de M. de Montalban. Au même
instant nous distinguons les pas d'Ursule,
qui, accompagnée d'une autre personne,
s'avançait avec précipitation de notre

côté. Elle entr'ouvre la porte, s'assure qu'on peut entrer : un individu s'élance, paraît chercher Isaure, et nous reconnaissons Alphonse !

Mon amie éperdue pousse un cri, à la vue de celui qu'elle n'avait vu depuis si long-temps, et qui intéressait si vivement son cœur. Il se précipite à genoux près du lit sur lequel elle était étendue. — « Quoi ! c'est vous, s'écria-t-elle ; vous, « Alphonse !... Vous ici ! — Ah ! Isau..... « Ah ! madame..... En quel état vous « revois-je !,.... — Monsieur, que venez-« vous faire ici ? Où est M. de Montal-« ban. — Ah ! madame, c'est lui qui « m'envoie..... C'est lui qui vient de me « sauver la vie..... C'est cet homme géné-« reux, que je méconnaissais, qui vient « d'exposer la sienne pour m'arracher au « poignard d'un assassin..... C'est à lui « que je dois le bonheur de vous revoir! « — Dieu ! mais où est-il ? — Je n'ose

« vous répondre. — Au nom du ciel,
« achevez...... ne me cachez rien. — Ah!
« madame, il vit encore ; mais il a voulu,
« il a exigé que, pour adoucir ce fatal
« événement, je vinsse moi-même vous
« annoncer qu'il a été frappé du coup
« qui m'était destiné, et dont il vient de
« me garantir. — Ah ! s'écria la malheu-
« reuse Isaure, M. de Montalban est
« blessé ! sa vie est en danger ! » En ache-
vant ces mots elle retomba dans un évanouissement plus inquiétant encore que
celui dont elle venait de sortir, et j'aurais
tout appréhendé du désespoir d'Alphonse,
s'il n'avait été rassuré sur son état par le
chirurgien qu'il avait vu en entrant au
château.

Lorsqu'elle eut repris ses sens : —«Ah !
« portez-moi, s'écria-t-elle, près de M. de
« Montalban. Que je voie encore cet
« homme généreux qui a effacé tous ses
« torts, que je le soigne, que je le sou-

« lage, que je le console. Portez-moi,
« je vous en conjure, près de mon mari.
« — Le chirurgien, madame, lui répon-
« dit Ursule, panse ses blessures, et mon-
« sieur le comte veut, sitôt après, qu'on
« le transporte près de vous. Il ne peut
« tarder à paraître. — Il est donc en dan-
« ger! — On le craint, répondit Alphonse.
« — Ah! monsieur, faut-il que l'instant
« où je vous revois me coûte aussi cher!....
« C'est à mon mari que vous devez la
« vie, et c'est en vous la conservant qu'il
« la perd!....;. Que je suis malheureuse
« de ne pouvoir expirer avec lui! — Ah!
« Isaure, s'écria Alphonse hors de lui,
« pouvez-vous en ma présence former un
« semblable vœu!.... Quelle est donc ma
« fatale destinée, s'il faut que je vous
« perde!.., Quoi! votre extrême bonté
« pour moi vous coûterait la vie! Quoi!
« c'est au moment où vous veniez porter
« des consolations dans le cœur d'un in-

« fortuné, que vous veniez le voir pour
« la dernière fois, que vous lui seriez ra-
« vie ! . . . . . Quoi ! je serais encore la
« cause de la mort du plus généreux des
« hommes ! de celui que j'accusais, que
« je détestais, tandis qu'il volait à mon
« secours ! . . . . . Et il périrait du coup
« dont il est venu me garantir !..... Ah !
« j'étais né non-seulement pour être mal-
« heureux, mais encore pour faire le
« malheur de tous ceux qui m'ont connu,
« qui se sont intéressés à moi, et je dois
« mourir pour mettre un terme à une
« aussi funeste influence !

Je parvins avec peine à calmer Alphonse, et je fus obligé pour y réussir
de lui rappeler la situation d'Isaure et le
danger qu'il y avait à augmenter son agitation et ses inquiétudes. Rendu à lui-
même par mes représentations et par la
perspective du bonheur dont il entrevoyait
l'espérance, il se trouva bientôt en état

de nous instruire des circonstances qui
dans cette soirée avaient amené un semblable résultat.

Il paraît que M. de Montalban s'était
empressé en nous quittant de se rendre au
parc, dans l'espoir d'y sauver son rival.
Il craignait qu'Alphonse, inquiet de ne
pas voir venir Isaure, et quittant la chaumière pour aller au-devant d'elle, ne se
fût jeté sous le poignard de Carnero, qu'il
avait laissé embusqué, lorsque, cédant lui-
même à son impatience, il s'était séparé
de ce féroce Espagnol pour venir s'assurer au château des motifs qui pouvaient
y retenir sa femme.

Mais tandis que M. de Montalban volait ainsi chez la nourrice, Carnero,
ignorant la cause qui le retenait au
château, et craignant de voir échapper
une de ses victimes, s'était rapproché du
lieu du rendez-vous, afin de s'assurer
qu'elle y était encore; et après en avoir

acquis la certitude, il s'était caché à peu de distance de la chaumière à l'instant même où M. de Montalban s'en approchait. Le comte entend du bruit dans le feuillage, il croit que c'est Alphonse qui s'éloigne, il court avec précipitation pour l'arracher au danger qui le menace. Carnero l'aperçoit; trompé par la faiblesse de sa vue, il le prend dans l'obscurité, et le voyant venir à lui, pour sa victime; il s'élance et le frappe à l'instant de deux coups de poignard. M. de Montalban jette un cri; Carnero le reconnaît. Épouvanté de sa méprise, il veut fuir; mais Prosper accourt et se précipite sur lui. Une lutte terrible s'engage. Prosper, affaibli, est près de succomber; déjà il avait reçu deux blessures, lorsque le second poignard que portait Carnero s'échappe et tombe. Son adversaire l'aperçoit, s'en saisit; le combat recommence. Le succés devenait douteux, lorsque Prosper, rassemblant ses

forces, s'élance avec fureur sur l'assassin,
et lui plonge son fer dans le cœur.

Alphonse, alarmé par le bruit, sort de
la chaumière, vole au secours de Prosper,
et arrive à l'instant où l'infâme Carnero
expire. « Est-ce vous, monsieur de Mo-
« ronval, lui demanda le comte? — Oui,
« c'est moi, répondit Alphonse; mais qui
« donc êtes-vous? — Ah! je meurs con-
« tent puisque vous êtes sauvé. — A qui
« parlé-je ? — Je suis Montalban. —Vous
« Montalban? Quel langage! Et vous parais-
« sez vous intéresser à moi?—Ah! j'ai re-
« connu mon erreur, et j'accourais pour la
« réparer.... Non, ce n'a jamais été sous le
« poignard d'un assassin que je voulais vous
« faire tomber, et Montalban est incapable
« d'une lâcheté. Trompé sur vous, sur la
« plus estimable épouse par les calomnies
« et les artifices d'un scélérat, ma jalouse
« fureur vous aurait demandé la répara-
« tion qu'un homme d'honneur offensé a le

« droit d'attendre.... Mais hâtez-vous de
« me faire transporter au château. Ma-
« dame de Montalban vient d'éprouver
« un accident ; elle est blessée : que je la
« voie encore avant de mourir ; qu'elle
« sache que je vous ai sauvé ; qu'elle me
« pardonne mes erreurs et les chagrins
« que je lui ai causés. — Ciel ! que dites-
« vous ? — Elle a fait une chute en se
« rendant ici, et l'on en craint les suites...
« Mais hâtez-vous, car mes forces s'épui-
« sent et les instans sont précieux. » Alphonse, éperdu, se pressa de faire transporter M. de Montalban au château, de
venir, à sa demande, annoncer à sa femme
l'état fâcheux où il était, et de s'assurer
en même temps de celui dans lequel se
trouvait une amante adorée qu'il était si
impatient de revoir.

Alphonse terminait ce triste récit, lorsque le chirurgien se présenta. Nous ju-
geâmes à son abord qu'il n'avait que des

15.

nouvelles fâcheuses à nous apprendre.
Isaure le prévint. « Comment, lui de-
« manda-t-elle avec empressement, avez-
« vous trouvé M. de Montalban? — Sa
« situation, madame, est fort inquié-
« tante. — Quoi! vous le trouvez en dan-
« ger? — Oui, madame. — Ciel! vous
« conservez au moins quelque espérance?
« — Bien peu, je vous l'avoue. — Ah! je
« ne vois que trop que vous n'espérez
« rien, et que vous cherchez à adoucir
« le coup que vous venez me porter. —
« Je ne puis, madame, rien vous dire de
« consolant. — Ah! terminez de suite le
« tourment que j'endure.... M. de Mon-
« talban est perdu pour moi? — Madame,
« il n'est que trop vrai. — Dieu! que me
« dites-vous là! Je le perdrais!.... et j'au-
« rai peut-être à me reprocher sa mort!
« — Il a voulu, madame, que je vinsse
« vous annoncer que sa fin est prochaine;
« il n'a pas un jour à vivre. — Ah! je veux

« l'aller trouver, s'écria Isaure d'une voix
« déchirante;.... je m'en sens la force....
« Je veux le voir à l'instant. — Il m'a
« chargé, madame, de vous instruire de
« sa situation, et de vous prévenir qu'il
« allait à l'instant même se faire trans-
« porter ici; il serait inutile de vous y
« opposer. Tranquille sur vos jours, il ne
« veut pas les exposer par le moindre
« déplacement, lorsqu'il n'a plus, dit-il,
« à ménager sa vie. Monsieur votre père
« vient d'arriver; ils sont ensemble, et ils
« n'attendent que mon retour pour se
« rendre auprès de vous. »

Il nous quitta. Nous nous occupâmes,
Alphonse et moi, à inspirer à Isaure la
fermeté nécessaire pour qu'elle soutînt
cette douloureuse entrevue. Sensible et
généreux, cet intéressant jeune homme
oubliait quelquefois que son amante était
sauvée, qu'il était près d'elle pour, en
cessant de voir dans M. de Montalban

l'obstacle qui s'opposait à son bonheur, ne s'occuper que des motifs qui lui coûtaient la vie, pour ne s'occuper enfin qu'à partager la douleur de mon amie, tandis que celle-ci, repoussant tout autre sentiment que celui de la reconnaissance pour un mari qui, aux dépens de sa vie, venait de sauver ce qu'elle avait de plus cher, combattait son amour pour n'écouter que son devoir.

Nous fûmes bientôt prévenus de l'approche de monsieur de Montalban. Les portes s'ouvrent, et pâle, méconnaissable, ensanglanté, nous le voyons paraître, porté par ses gens dans un fauteuil et accompagné de monsieur d'Aubignie qui courut embrasser sa fille et ranimer son courage. Il ne peut que presser affectueusement la main d'Alphonse, qui lui sauta au cou sans proférer une parole.

Monsieur de Montalban se fit placer près d'Isaure. Alphonse voulait se reti-

rer. — «Restez, monsieur, lui dit-il, j'ai
« besoin de votre présence; ce que j'ai à
« dire vous intéresse autant que madame
« de Montalban, et loin de vous éloigner
« d'elle je désire au contraire que vous
« puissiez, par votre présence, adoucir
« l'amertume de sa situation.

« Je viens, Isaure, vous faire mes der-
« niers adieux. Je viens vous prier de me
« pardonner mes soupçons injurieux,
« mes erreurs, les chagrins qu'elles vous
« ont causés, et l'injustice de mes procédés.
« Je n'avais pas besoin du témoignage de
« monsieur d'Aubignie pour être con-
« vaincu combien vous êtes pure et irré-
« prochable. Ah! pardonnez - moi ma
« conduite inconsidérée; pardonnez-moi
« d'avoir été un obstacle à votre bonheur.
« Je ne méritais pas une épouse telle que
« vous. Le ciel est juste, il me punit de vous
« avoir méconnue. Mais ce n'est pas as-
« sez; je viens reconnaître mes torts et

« les réparer.... Ecoutez-moi ; de grâce
« ne m'interrompez-pas ; je crains de n'a-
« voir pas la force d'achever tout ce que
« j'ai à vous dire.

« Je déclare que, prêt à paraître devant
« l'Être suprême, je romps dès à présent
« tous les liens qui nous unissent.... Vous
« n'êtes plus que mon amie..... Oh ! c'est
« le titre que j'ambitionnais lorsque vous
« repoussâtes ma main ! Ne le refusez
« pas ; et que je jouisse au moins en mou·
« rant de la consolation de vous l'avoir
« fait accepter.... Ah ! pourquoi, Isaure,
« ne m'avez-vous pas déclaré que votre
« cœur était engagé ! Je n'eusse jamais été
« votre époux ; mais j'aurais consacré,
« s'il l'eût fallu, la moitié de ma fortune à
« vous rendre heureuse avec celui que
« vous aimez.... Isaure, ah ! rendez au
« moins justice à mon cœur.... Vous
« avez eu des preuves de quoi il est capa-
« ble. Je vous aimais pour vous seule ;

« pour vous je me serais sacrifié ; et en
« vous donnant à monsieur de Moronval,
« votre félicité m'aurait consolé du mal-
« heur de vous avoir perdu.

« Mon amie !.... Mon Isaure ! Je n'ai
« plus qu'une grâce à vous demander ; et
« votre docilité à vous prêter aux der-
« nières volontés d'un mari expirant
« peut seule adoucir l'amertume de notre
« séparation. J'exige que, dans six mois,
« vous épousiez le marquis de Moronval.
« Donnez-moi chacun votre main, je veux
« les unir en mourant; je veux, en atten-
« dant que la religion vienne rendre ce
« nœud indissoluble, invoquer sur votre
« union toutes les bénédictions du ciel.

« Je ne vous recommande pas, mon-
« sieur, de la rendre heureuse. Je sais
« qu'elle le sera... Vous vous rappellerez
« combien de chagrins vous avez à lui
« faire oublier; que c'est pour vous qu'elle
« les a soufferts ; qu'elle a droit à bien des

« dédommagemens, et que vous seul
« pouvez les lui procurer.... Mais que dis-
« je ? M'appartient-il de faire des recom-
« mandations, moi qui n'ai pas su pro-
« fiter de mon bonheur !.... Moi qui me
« suis conduit comme un insensé !

« Ah! oubliez le mal que je vous ai fait.
« Plaignez-moi, aimez-moi, chérissez ma
« mémoire ; promettez-moi que nous
« reposerons dans le même tombeau, et
« je mourrai consolé. L'idée que j'aurai pu
« contribuer au bonheur d'Isaure, en lui
« conservant ce qu'elle a de plus cher
« aux dépens de mes jours, l'idée que sa
« reconnaissance accompagnera toujours
« mon souvenir me rendra ma fin moins
« amère.

« Le ciel, Isaure, n'a pas béni notre
« union. Nous n'avons pas d'enfans. Il
« m'a puni de mon injustice à l'égard de
« la plus vertueuse des femmes ; il m'a
« puni de l'avoir sacrifiée à mon fol

« amour, d'avoir osé me prévaloir de
« ses vertus, de sa piété filiale, pour la
« contraindre en quelque sorte à recevoir
« ma main, et il m'a privé de la douceur
« de me voir renaître. Mais maintenant
« que j'ai réparé autant que je le puis
« mes torts à votre égard, il me sug-
« gère une idée consolante, et j'espère
« que vous ne vous opposerez pas à ce
« qu'elle se réalise.

« Je vous laisse la terre de Montalban
« sous la condition que votre premier en-
« fant mâle en joindra le titre au nom de
« Moronval...... Ah! ne refusez pas de
« me perpétuer parmi vous!....... Vous
« n'avez pas besoin de mes bienfaits,
« mais j'ai besoin de justifier la grâce
« que je sollicite, et il est indispensable
« pour que je l'obtienne que je vous
« lègue la terre qui porte mon nom......
« Si vous pouviez jamais oublier l'infor-
« tuné Montalban, cet enfant vous le

« rappellerait, et mon nom joint au vô-
« tre attestera dans tous les temps l'a-
« mour, l'estime et la vénération dont
« je suis pénétré pour la plus digne des
« femmes, la réparation éclatante que
« j'ai cru devoir lui offrir.

   « Adieu, Isaure!..... Adieu pour tou-
« jours; je porte avec respect ma bouche
« sur cette main chérie, je n'ose l'élever
« jusqu'à ces lèvres qui ne s'ouvrirent ja-
« mais que pour faire des heureux.......
« Non, je ne les profanerai pas..... vous
« n'êtes plus à moi. Adieu, mon amie....
« adieu..... Ah! faites-moi entendre en-
« core une fois cet organe ravissant qui
« m'a tant de fois enivré de plaisir......
« que je l'entende me pardonner, et ces
« sons enchanteurs vibreront à mon
« oreille jusqu'à mon dernier soupir.

   « Je vous pardonne, s'écria Isaure en
« fondant en larmes, je vous bénis et je
« vous regrette. Le ciel est témoin de

« ma sincérité, il sait que je voudrais
« vous conserver, il sait que je voudrais
« vous consacrer mon existence. J'ai
« plus besoin que vous d'être pardonnée,
« puisque c'est mon défaut de confiance
« en vous avant et depuis mon mariage
« qui a causé vos erreurs et votre perte....
« Ah! mon ami, ne me quittez plus......
« restez près de votre Isaure, qu'elle
« vous voie, qu'elle vous soigne, qu'elle
« vous console et vous soutienne jusqu'à
« votre dernier moment.

« Non, Isaure, je dois vous éviter le
« spectacle de ma fin..... Je sens que je
« m'affaiblis...... les momens sont pré-
« cieux....... mon notaire m'attend.......
« adieu!..... adieu pour toujours! »

Monsieur de Montalban fit signe qu'on
le reportât chez lui, et il nous quitta
accompagné de monsieur d'Aubignie et
d'Alphonse. Cette cruelle séparation,
jointe aux procédés généreux de son

mari, fit éprouver à mon amie une
peine si vive que tous mes efforts ne
purent la calmer. Elle voulait absolument aller près de lui ; il fallut employer
la force pour l'en empêcher. Elle passa
toute la nuit à pleurer son mari, son
bienfaiteur, et le jour commençait à
peine à paraître qu'on vint nous annoncer qu'il n'était plus.

Monsieur d'Aubignie lui fit rendre,
ainsi qu'Alphonse, les derniers devoirs
d'une manière conforme à son rang, et
je dois dire à la louange de cet excellent
jeune homme, qu'oubliant son bonheur
et pénétré d'admiration pour les vertus
d'Isaure, il ne parut occupé dans ces
tristes fonctions qu'à partager sa douleur
et ses regrets.

Cet époux malheureux fut à peine dé-
posé dans le tombeau de ses pères qu'elle
exigea d'Alphonse qu'il se rendît chez
monsieur d'Aubignie, pour y attendre,

sans la voir, l'expiration des six premiers mois de son deuil, et il vient de lui obéir.

Il est arrêté qu'à cette époque la bonne Ursule épousera le majordome, qui sera alors l'intendant du marquis de Moronval, et l'on donne en toute propriété à Prosper et Zizi l'hôtellerie du bourg, dans lequel ils ne tarderont pas à aller s'établir.

Voilà, ma bonne maman, le récit détaillé des événemens importans qui viennent de se passer ici, et de la fin malheureuse de monsieur de Montalban. Je profiterai du séjour que monsieur d'Aubignie va venir faire près de sa fille pour vous aller voir, et puisque votre santé est maintenant rétablie, pour vous demander la permission de rester avec Isaure jusqu'à ce que son mariage ait été célébré. Elle attend cette faveur de vos bontés, et elle espère que vous ne la lui refuserez pas.

16.

Ce mariage se fera vers la fin de l'année, l'on ira de suite habiter l'hôtel qui est dans notre voisinage, et ce séjour nous réunira tous.

Au revoir donc, ma bonne maman. Vous n'aimez pas que je vous parle de mon respect, et vous ne doutez pas de mon amour.

CONCLUSION.

Le marquis de Moronval, après l'expiration des six premiers mois du deuil d'Isaure, se rapprocha d'elle, mais elle ne voulut consentir à l'épouser qu'à la fin de l'année. Ils furent enfin unis, et après avoir été les plus malheureux des amans, ils devinrent les plus fortunés des époux. Ils passaient les hivers à Paris près de Julie, et les étés au château de Montalban, où elle se réunissait à eux.

Cette intéressante amie ne tarda pas à se marier selon son cœur, et les deux familles étaient tellement liées qu'elles paraissaient n'en faire qu'une.

La terre de Belleville fut rendue à monsieur d'Aubignie, et les jeunes époux revirent avec un plaisir inexprimable cette terre magnifique, berceau de leur premier amour, et dont chaque bosquet,

chaque promenade leur retraçaient les
plus délicieux souvenirs. Le fidèle Leblanc ne voulut pas malgré sa pension
se séparer de son maître. Il épousa la
dame Béatrix, femme de charge de monsieur de Montalban, et il fut nommé
concierge du château de Belleville.

Mery périt peu après son arrivée à
Philadelphie des suites de ses débauches.
Sa femme, rendue sage par l'expérience,
devint l'exemple du couvent où elle était
placée, et où elle resta jusqu'à la mort de
sa mère, que le chagrin mina insensible-
ment, qui ne put se résigner à son changement de fortune, ni survivre aux malheurs qui l'avaient accablée. Alphonse,
bien convaincu de la conversion de madame Mery, la fit sortir de son couvent,
et joignant aux débris de sa fortune une
dot raisonnable, il lui fit épouser son
secrétaire, et cette ancienne rivale d'Isaure
finit par s'estimer fort heureuse de lui

appartenir et de pouvoir lui rendre ses services agréables.

Le ciel bénit l'union d'Alphonse avec Isaure. Ils eurent avant la fin de l'année un fils, qui joignit le nom de Montalban à celui de Moronval. Ce nom leur retraçait des événemens aussi touchans que douloureux, leur rappelait un infortuné dont la mémoire leur était chère, et ils coulèrent ensemble des jours heureux qui étaient bien dus à leur amour et à leurs vertus.

FIN.

LE BONHEUR ET L'ESPERANCE.

ROMANCE.

Musique de PIGAULT-BEAUPRÉ.

J'é-tais ai-mé de mon a — mie, un même a-

1

mour nous u — nis — sait, si je m'éloi—

rinf.

gnais at — ten — dri — e sa dou — ce

cresc.

voix me rap — pe — lait. Plus de bon —

pp.

heur! son inconstan - ce me

R.

rend ce souvenir affreux: comment invoquer l'es-pé-

ran-ce ; quand je ne puis plus être heu -

reux; comment invo-quer l'es-pé-

ran-ce, quand je ne puis plus être heu-

reux, quand je ne puis plus être heu - -

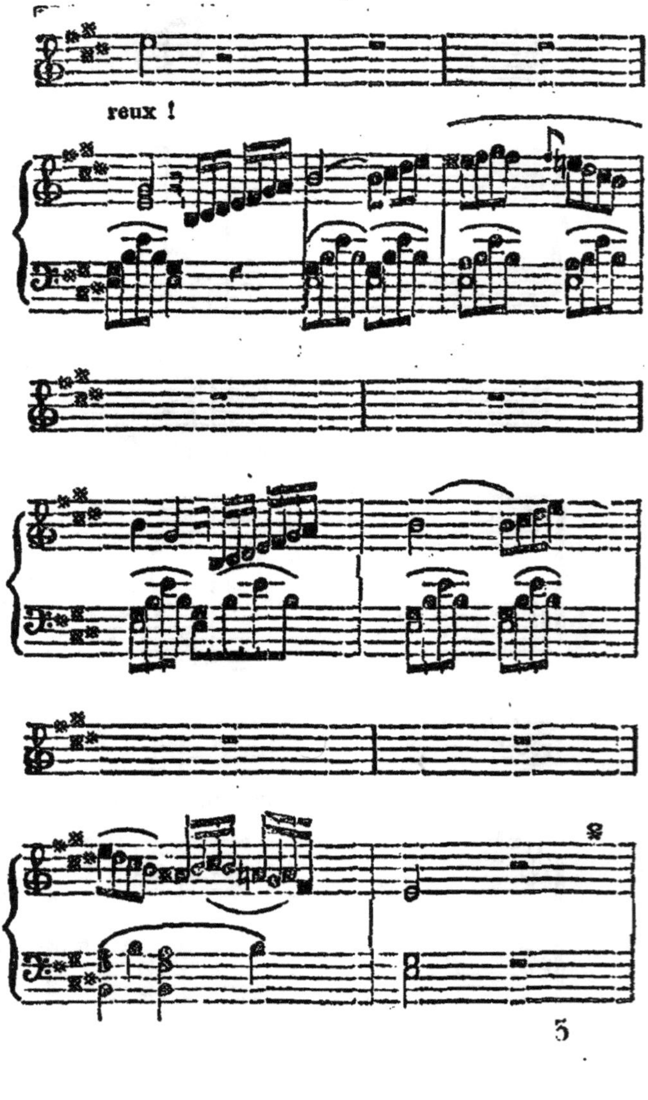
reux !

2^e

Tout me dévoilait sa tendresse,
Ses yeux, son trouble, son souris;
Non, rien n'égalait mon ivresse,
Et mon bonheur était sans prix:
Plus de bonheur! son inconstance
Me rend ce souvenir affreux;
Comment invoquer l'espérance,
Quand je ne puis plus être heureux!

3^e

Reçois, Isaure, un dernier gage,
De mon amour, de mes regrets;
Je vais te fuir, femme volage,
Je te dis adieu pour jamais:
Si j'étais sûr qu'en mon absence,
Tu plaignisses mon sort affreux;
Mon cœur reprendrait l'espérance
De pouvoir encore être heureux.

L'INCONSTANCE.

ROMANCE.

Musique de PIGAULT-BEAUPRÉ.

Amoroso.

4

Fuy - ez l'A—mour, sexe aimant et ti—

—8.ve *plus bas.*

mi—de, Craignez d'aimer, l'Amour est un trom—

peur : Ah! des A—mans le lan-ga-ge est per-

ñ–de; fer-mez l'o–reil–le, et gar-dez vo-tre

cœur : d'un doux pen-chant la trop vi-ve pein-

tu — re , Vous sé-dui—rait, hé-las ! au même ins-

tant. Tout est constant dans la na – tu– re, mais l'homme

seul est in – cons — tant; tout est con —

tant dans la na — tu — re, mais l'hom — me

seul est in — cons — tant,

2ᵉ

Dans nos forêts a-t-on vu le lierre,
Changeant de goût, abandonner l'ormeau?
La tourterelle, en fuyant la bruyère,
Pleurer l'oubli du tendre tourtereau?
Vit-on jamais du ruisseau l'onde pure
Contre sa source aller en remontant?
   Tout est constant dans la nature,   } *bis.*
   Mais l'homme seul est inconstant. } *bis.*

3ᵉ

Lorsque l'hiver, désolant la campagne,
A vivement fait sentir ses rigueurs;
Le doux printemps que zéphir accompagne,
Vient aussitôt nous présenter ses fleurs:
L'astre du jour, suivant sa marche sûre,
Varia-t-il jamais un seul instant?
   Tout est constant dans la nature,   } *bis.*
   Mais l'homme seul est inconstant. } *bis.*

4ᵉ

Pour mieux tromper, l'amant promet d'avance,
De ne cesser d'adorer qu'en mourant:
Son cœur dément ce que sa bouche avance,
Ses serments sont plus légers que le vent:
Le matelot, en fendant l'onde amère,
Rencontre au loin, même un souffle constant:
   Pourquoi dans la nature entière, } *bis.*
   L'homme seul est-il inconstant? } *bis.*

PREMIER AMOUR.

ROMANCE.

Musique de PIGAULT-BEAUPRÉ.

Amoroso.

Pre-mier A — mour cau-se

bien doux plai — sir,   mais las ! sou-

vent, il cau — se vi — ve pei — — nes,

jeu-nes A — mans, crai-gnez pre-mier sou-

pir, pre-mier sou-pir pour tou-

jours nous en-chaî-ne; ah! puis-siez-

vous ne pas pleu-rer un jour,

ah ! puis-siez - vous ne pas   pleu-rer un

R.

jour ,   Pre-mier A — mour, pre—

mier   A—mour,   premier A—

mour, pre — mier A—mour.

2º

Premier Amour, lorsqu'il est malheureux,
Souvent a fait répandre bien des larmes ;
Pour des Amans..... plus de ris, plus de jeux;
Plaisirs et jeux ont perdu tous leurs charmes :
Ah ! faut mourir, quand on perd sans retour,
    Premier Amour.

3º

Premier Amour, a déchiré mon cœur ;
L'a desséché par sa chaleur brûlante ;
O douce mort ! pour calmer ma douleur,
Viens me frapper de ta faulx bienfaisante ;
Ne puis qu'alors oublier à mon tour,
    Premier Amour.

4ᵃ

Premier Amour, si tu m'as fait souffrir,
Si contre toi j'ai proféré des plaintes ;
Mon cœur toujours dit qu'il faut te chérir :
Jeunes Amans, ah ! bannissez les craintes ;
Regretterez, même en perdant le jour,
       Premier Amour,

www.ingramcontent.com/pod-product-compliance
Lightning Source LLC
Chambersburg PA
CBHW071949090426
42740CB00011B/1868